JUMP j BOOKS

HEROES:RISING

ヒーローズ:ライジング

堀越耕平　誉司アンリ　脚本 黒田洋介

CHARACTER

STORY

総人口の約８割が何らかの超常能力“個性”を持って生まれる世界。事故や災害、そして“個性”を悪用する犯罪者・敵から人々と社会を守る職業・ヒーローになることを多くの若者が夢見る中、“無個性”の主人公・緑谷出久はヒーロー輩出の名門・雄英高校に入学する。これは最高のヒーローを目指し、成長していく少年の物語である――。

八百万 百
個性
創造

耳郎 響香
個性
イヤホンジャック

上鳴 電気
個性
帯電

切島 鋭児郎
個性
硬化

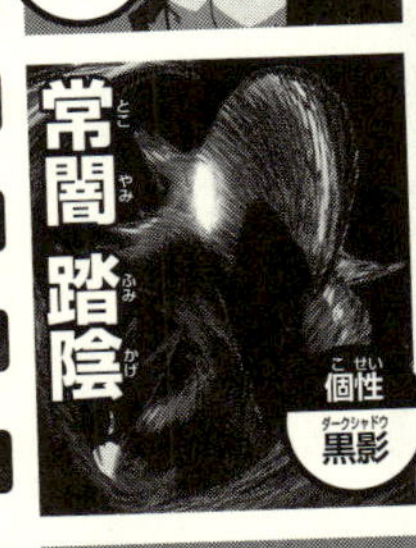
常闇 踏陰
個性
黒影

峰田 実
個性
もぎもぎ

蛙吹 梅雨
個性
蛙

青山 優雅
個性
ネビルレーザー
芦戸 三奈
個性
酸

尾白 猿夫
個性
尻尾

口田 甲司
個性
生き物ボイス

砂藤 力道
個性
シュガードープ

障子 目蔵
個性
複製腕

個性
テープ
瀬呂 範太

葉隠 透
個性
透明化

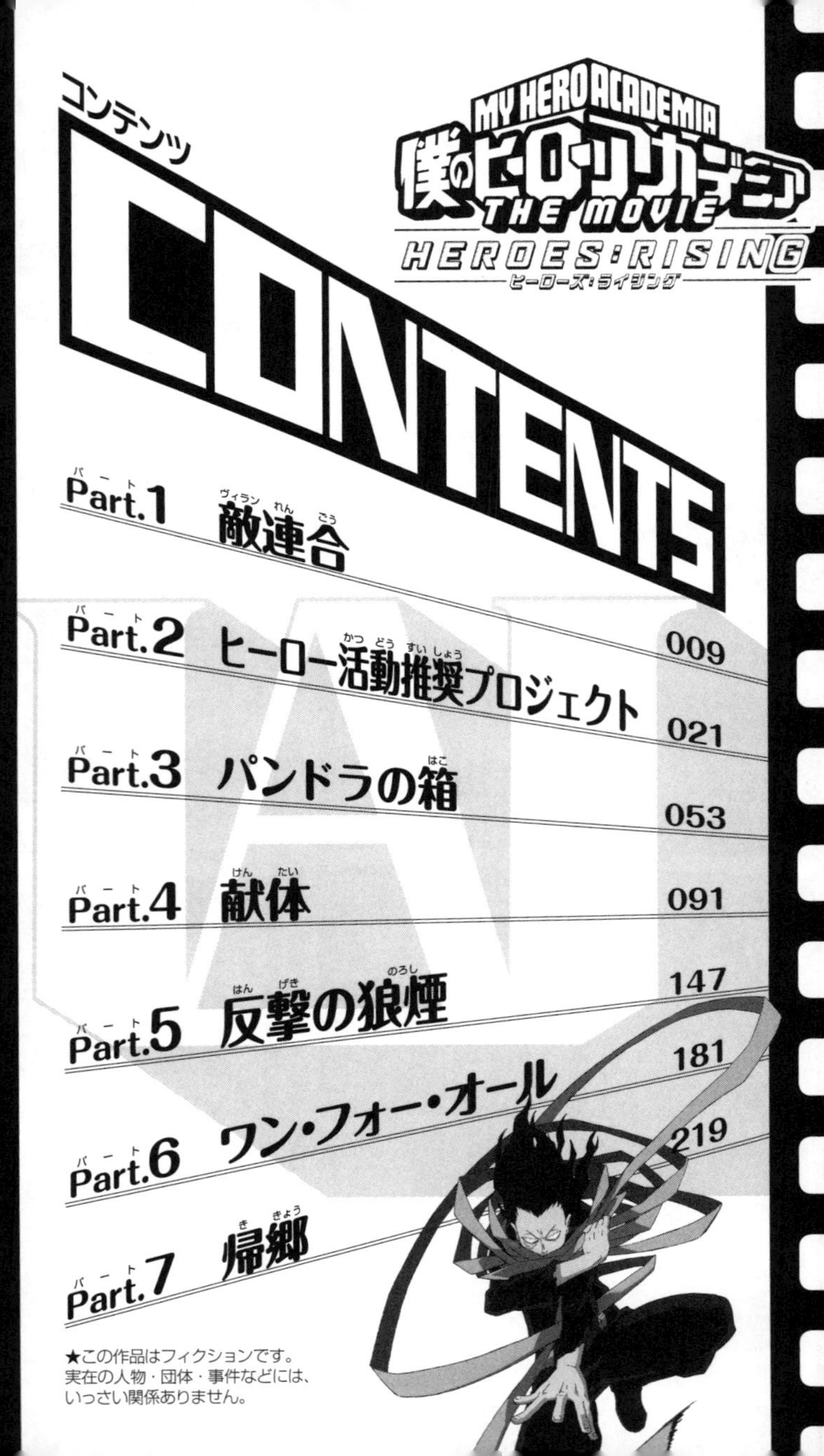

MY HERO ACADEMIA 僕のヒーローアカデミア THE MOVIE

HEROES:RISING ヒーローズ:ライジング

コンテンツ

CONTENTS

Part.1

敵連合

“敵連合”のリーダー。
五指で触れた対象を崩壊させる“個性”は超危険。

死柄木弔

TOMURA SHIGARAKI

夜のなか、凍えた山は静寂に包まれている。

だが、そんな雪が舞う冬の空気を数台の車が切り裂いていった。街明かりが遠く見える山間道路を、戦場などがお似合いの装甲車が無遠慮に走り去る。まるで冬眠を邪魔され不機嫌に暴走する熊のような装甲車のあとを猟犬のように追う車が四台。スピードをあげ、猟犬が熊に迫っていく。その先頭の車が排気口から炎を吐き出しながら、喉笛に嚙みつかんばかりに一気に装甲車の隣へと並んだ。

その車を運転していた錠前ヒーロー・ロックロックが装甲車の運転席にいるトカゲの相貌をした男を見て叫ぶ。

「伊口秀一!」

焦ったように顔をしかめながらハンドルを握っている伊口秀一ことスピナーは、敵連合の一人だ。

「やはり敵連合!」

ロックロックと同乗していたもう一人のヒーローが自分たちの読みが当たっていたこと

を確認しながら、車から身を乗り出して〝個性〟でくり出す腕マシンガンの銃口をスピナーへと向ける。

「くっ！」

　それを察知したスピナーがハンドルをきり、ロックロックたちの車を山崩れ防止の法面壁に押しつけた。耳障りな音を立てながら壁に擦りつけられた車が破損していく。凶器と化した壁に削られた車から火花が散りロックロックの頬を掠める。

「ぐうっっ!!」

　なんとかこらえようとするが、反対側から装甲車に押されてマシンガンヒーローが倒れこんでくる。

　スピナーがこれで一台は潰したと、次の追っ手の対策を考えようとしていたとき、ロックロックたちの車が壁と装甲車の間から後方へと抜けた。衝撃でボロボロになっていたドアが外れたが、猟犬は止まることを知らない。後ろのヒーローたちが乗っている車も距離を詰め、装甲車を囲もうとしてくる。

「チッ！」

　スピナーは舌打ちしながら隣の車に思いきり幅寄せした。ぶつけられた反動で車はガードレールを壊しながら跳ねあがり、バランスを崩したまま横転し爆発する。

「くそ！」

仲間がやられたことに怒りを覚えながらも、マシンガンヒーローは銃口を装甲車に向け連射した。当たりはしたものの、装甲にすべて弾き返されてしまう。

「くっ硬え！」

「接近するぞ！」

ロックロックが叫ぶ。猟犬たちが一気に熊の背に食らいついた。追いこまれた熊も必死に逃げきろうとするが、小回りの利く猟犬を振りきれない。

威力の落ちない射程距離に寄せ、マシンガンヒーローがフロントガラスを割り連射する。

衝撃に車体が横に揺れ、装甲車のフロントガラスが割れた。

そのなかから半身を出した男の手に、冴え冴えとした紺碧の怪しい炎が灯る。

「！」

青い炎を生んでいるのが、グロテスクな皮膚を継ぎ接ぎされた男、敵連合の荼毘だと気づき、ロックロックはとっさに右にハンドルをきる。だが炎は瞬時に目前へと迫った。

勢いで回転する車の中でロックロックが両手を光らせ叫ぶ。

「本締！」

次の瞬間、回転していた車がガキンッと固定された。ロックロックの〝個性〟施錠だ。

青い炎に飲みこまれる前に、車を盾にしてロックロックたちはサンルーフから脱出する。

その後ろから装甲車を追うヒーローたちの車が固定された車を避け、加速して法面壁を駆けあがっていく。ロックロックは衝撃で意識を失ったマシンガンヒーローを抱えながら叫んだ。

「すまねえ！」

あとを託された車が壁を登った勢いのままジャンプし、装甲車の前に着地する。

「荼毘!!」

車のサンルーフから身を乗り出した女性ヒーローが合わせた手から〝個性〟で光る鞭を出した。大きく振りかぶり、装甲車目がけて振り下ろす。それを避けながらスピナーはアクセルを踏み、前方の車に激突する。

「ぐっ！」

転がり激突を避けた女性ヒーローを残し装甲車で車を押しながら逃げきろうとするが、最後尾にいたヒーローの車が一気に追いつく。そのとき、装甲車上部のハッチが開いた。

「よいしょ」

出てきたのは白い仮面に黒いシルクハットを被った男、ミスターコンプレス。男は、

「しつこいよっと」と言いながら、指の間に挟んでいた玉のようなものを、追ってくる車

の手前に投げる。跳ねた玉が光り、中からトゲつきバリケードが出現した。ミスターコンプレスの〝個性〟圧縮で、バリケードを玉のなかに閉じこめていたのだ。バリケードに派手にぶつかり回転する車の中から、ヒーローがガラスを破り飛び出し、そのまま装甲車へと取りついた。主がいなくなった車が後方で爆発し、つかのま山を照らす。

「……貴様ら……何を企んで……」

猛スピードのなか、じりじりと這いあがったヒーローが目から〝個性〟のビームを出そうした瞬間、冷めた声がかけられる。

「無意味な質問するなよ」

「うわぁぁぁ!!」

ミスターコンプレスの隣から顔を出した荼毘の手から青い炎を浴びせられ、ヒーローは装甲車から転がり落ちた。

「くそっ、なんでヒーローどもが」

運転席のスピナーが憤り、思わずハンドルを叩く。

ただ言われたとおり荷物を運ぶだけのラクな仕事のはずだった。それなのに待ち伏せされ、こうもしつこくヒーローたちに追いかけられている。

「情報が漏れてるな……」

「漏れてるって、どこから……？」

荼毘の言葉にミスターコンプレスが訝し気に言う。思案していた荼毘は「さぁな……」と言いながら、荷物を思い浮かべる。この頑丈な車はその荷物のためのものだった。

まるで研究室のような車内にあるのは、重厚な鈍く光るカプセル。その中には人影が見える。


『追跡班、突破された。あとを……』

「みなまで言うな。……俺に任せろ」

無線から聞こえてきたロックロックの声にフレイムヒーロー・エンデヴァーはそう答えながら、近づいてくる装甲車を相棒たちとともに正面で待ち構えた。闇に浮かびあがる炎の男にスピナーは驚きの声をあげる。

「エンデヴァー!?」

「繰りあがりのナンバー1か」

ミスターコンプレスが厄介なヒーローに舌打ちする近くで、荼毘の冷えた青色の目が自分とは反対の燃える紅の炎を睨んだ。

「フン、こんな真夜中にご苦労なこった！」

茶毘がエンデヴァーに向かい、青い炎を放つ。それに気づいたエンデヴァーも大きく拳に力をため、一気に炎を放つ。

「ジェットバーン！」

赤く燃える炎と青く燃える炎がぶつかり、闇夜を明るく照らす。二つの炎は相殺されたように派手に散った。熱風に煽られながらエンデヴァーは炎が足りなかったかと舌打ちする。その間も装甲車は止まらない。アクセルを踏みながらスピナーが叫んだ。

「オイオイオイ轢いちまうぞエンデヴァー！」

土煙をあげながら迫ってくる装甲車を前にしても、エンデヴァーは微動だにしない。ただ向かってくる装甲車をみつめ、両手を掲げた。

「ミスター下がってろ」

エンデヴァーから視線を外さずに、茶毘はミスターコンプレスに声をかけながら両手を広げ、青い炎を生み出す。冷めきった憎しみの青い炎が濃くなり、エンデヴァーめがけて勢いよく放たれた。

それを迎え撃つエンデヴァーの炎が瞬く間に明るく変化していく。高まる温度が増すたびに、身を燃やすエンデヴァー自身がまるで輝く光のように周囲を照らす。それはまるで、なにもかもを焼き尽くしながら死ぬまで燃える孤高の星。

「プロミネンス……！　バァァァーン！」

エンデヴァーから放たれた光のような巨大な炎が、襲いかかろうとしていた青い炎ごと装甲車を飲みこんだ。炎に包まれた装甲車がガードレールにぶつかる。

車内は高温によってドロドロと天井などが崩れ始めた。ただ、崩れたのは車だけではない。

「くそ、ここまでかっ！」

高温に苦しそうにしながらも悔しげに叫んだスピナーがドロリと人形のように崩れていった。そして後部座席にいるミスターコンプレスと荼毘も同様にドロリと崩れていく。荼毘の口元から崩れる前に最後の言葉が零れる。

「エンデヴァー……」

炎のなかからあがくように加速し向かってくる装甲車を、足元から炎を噴射して避けるエンデヴァー。装甲車はそのままガードレールを突き破り、燃えながら崖下へと落下していく。谷底で木々をなぎ倒して止まっていたその側へ降りたエンデヴァーは、焦げ臭い装甲車を覗いている翼に気づき、わずかに目を見開いた。

「来ていたのか……少しは手伝ったらどうだ、ホークス」

「今来たばかりですって、エンデヴァーさん」

飄々(ひょうひょう)としたいつもの顔で笑いながら振り返ったのは〝個性〟剛翼(ごうよく)を持つウィングヒーロー・ホークス。夜の暗がりのなかでは黒く見える翼が、エンデヴァーの炎で本来の色を浮かびあがらせた。

「フン！　連合の連中は？」

「全員トゥワイスの《複製》でしたよ」

ボロボロの座席にはドロリとした液体がかろうじて残っていた。敵(ヴィラン)連合のトゥワイスの、なんでも二倍にする〝個性〟で複製した泥人形のようなものだった。

その可能性も考慮していたエンデヴァーはさして驚くこともなく、後部ハッチを開けにかかる。歪(ゆが)んでいるせいで金属の軋(きし)むいやな音が周囲に響いた。

「なんだ、これは？」

そこには蓋(ふた)の開いたカプセルがあった。頑丈(がんじょう)な作りなのか、原形をとどめている。ちょうど人一人が入る大きさだった。

「生命維持装置……ですかね？　新型の『脳無(のうむ)』を輸送していたとか……」

「なんだと⁉」

「……連合はいったい……何を運んで……？」

だが、人造敵(ヴィラン)、脳無を入れるにしては小さすぎる。新しく小型化したにしても、小型にするメリットは少ないようにホークスには思えた。

だとすれば、脳無ではないまったく別の何か。

さっきまでここに横たわっていた得体のしれない何かの気配に、ホークスはわずかに眉を寄せた。


装甲車落下地点からだいぶ離れた山中に二台の車が止まっていた。そのライトの中に、崖からあがってきた、黒いダイバースーツのようなものを身にまとった人影が照らされる。男の両肩には紫色に光る液体の入ったボトルがセットされていた。急な山中を登ってきたとは思えないほど、散歩から帰ってきたような気軽さでやってきた男に、待ち構えていた三人のうちの一人、葉巻をくわえた獣の容貌をした男・キメラが声をかける。

「待ちくたびれたぜ『ナイン』」

ナインと呼ばれた男が振り返り街明かりを見下ろす。

「そのかいはあった。実験は成功した」

その言葉にキメラがこらえきれずに笑みを浮かべた。それは残りの二人、長い髪をした女・スライスと全身を赤い包帯で巻いた男・マミーも同じで、やっと念願が叶うと確信した深い喜びにあふれる。

ナインは静かに街明かりを見ていた。道しるべのような明かりが、誰にとっても同じだとは限らない。コルセットとマスクに覆われた顔から覗く憂いをおびた静謐な瞳が赤く光る。

不穏な風が吹きあがった。

Part.2

パート

ヒーロー活動推奨プロジェクト

真帆 MAHORO

活真 KATSUMA

ヒーロー活動推奨プロジェクトの勤務地「那歩島」に住む姉弟。

気温は人間の感情に直結している。寒ければ心細くなり、暑ければ開放的になる。

本州から遠く離れた離島、一年を通して冬とは無関係な那歩島でもそれは変わらない。

さらにそこがきれいな海辺ならなおさらだ。冬場とはいえ今日も大勢の島民や観光客たちが海水浴などを楽しんでいる。

「ねえねえ、オレらと一緒に遊ぼーよ♪」

「ぼーよ♪　ぼーよ♪」

開放的になった二人組の男が、近くにある海の家で島民の二人組の女の子に声をかける。

「けっこうです」

「そんなこと言わない……あ!!」

女の子たちの迷惑顔にも気づかず追いかけようとした男たちが突然コケた。足をとられたのは黒いゴムボールのようなもの。

「なんだこりゃあ!?」

「と、取れねえ!」

必死にはがそうとしても全然取れない。じたばたもがくことしかできなくなった男たちを、何が起こったのかと唖然と見ている女の子たちに、高めの気取ったような声がかけられた。

「お怪我はありませんか？　お嬢さん」

これ見よがしに頭から黒いゴムボールのような〝個性〟のもぎもぎをもぎ取り、爽やかな笑顔を浮かべてみせたのは峰田実だ。爽やかだと感じるかどうかは個人差がある。

女の子たちはナンパ男から助けてくれたヒーローに笑顔で駆け寄る。

刹那、峰田は妄想した。女の子たちに感謝される自分を。そして女の子たちが自分を逆ナンしてくるのを。そしてあわよくばひと夏ならぬ、ひと冬の恋と欲望の日々を。

「ありがとう！」

「助かりました！」

だが、女の子たちは峰田の両脇を通り過ぎ、峰田の後ろにいた人当たりの良さそうな大きな尻尾の生えている尾白猿夫に感謝していた。

「いえ、今のは俺ではなくて…」

勘違いされ、恥ずかしそうに戸惑う尾白の前で、峰田が悔しさで憤慨し「下ー！　視線下ー!!」と言いながら、跳びはねる。残念ながら女の子たちの視界に入るには、峰田は小

さすぎた。

そこから少し離れた浜辺の監視台で〝個性〟である複製腕に複製した耳と目を駆使しながら、障子目蔵がビーチを注意深く見守っていた。異常を察知し障子は即座に複製腕の口で呼びかける。

「蛙吹、岩場向こう七〇メートル、子どもが溺れている！」

それを受け、蛙の〝個性〟を持つ蛙吹梅雨が「ケロ！」と海に向かって走りだす。流れるように飛びこみ、海中を飛ぶように泳いでいく。水の中は梅雨の独壇場だ。

「ママァ！　ママァー！」

溺れて流されていく子どもを発見し、長い舌で捕まえたその頃、海上を猛烈な勢いで近づいてくるボートが一隻。手漕ぎなのにモーターにも負けない速さでやってきたのは、糖分をパワーに変える〝個性〟シュガードープの砂藤力道。休憩前の糖分不足状態だったが、子どもを受け取るために全力で漕いでやってきたのだ。

「だ…大丈夫かい？」

「う……うえーん！」

息をきらしながらも精いっぱいの笑顔を作った砂藤だったが、大泣きされてしまった。

「なぜ泣く⁉」

「顔が怖いのね」

舌を引っこめながら梅雨が率直な感想を言ったその頃、浜辺の端の岩場の前では瀬呂範太が〝個性〟のテープを次々と貼っていく。その前にいるのは常闇踏陰。〝個性〟の黒影がテープを飛ぶように貼っていく瀬呂を感心しながら見ている人々に「遊泳禁止。遊泳禁止」と声をかける。瀬呂がカッコよく着地して〝個性〟のテープを肘へと戻し、言った。

「ここから先は危険だから入らないでくださいね！」

テープで『立入禁止』の文字ができあがり、集まっていた人たちが「すげーっ」などと歓声や拍手を送っているのを眺め、近くのかき氷の屋台の前にいた轟焦凍が乏しい表情で呟く。

「……見せもんじゃねーんだが」

そんな轟にかき氷を作っていた店主が声をかける。

「ショートくん、また氷頼めるかな？」

頼まれて、轟は「あ、はい」と右手をかざして素直に氷を創り出す。

「どうぞ」

「大きすぎ！」

自分の背丈よりだいぶ大きい氷の塊に店主が思わず突っこむ。轟の〝個性〟の半冷半燃は体の右側は氷結の力で氷を出し、左側は炎熱で燃やす。両親の〝個性〟を半分ずつ受け継いでいた。

そんな海辺を高台から見渡している色違いの帽子をかぶった姉弟がいた。

「うわぁ、ヒーローいっぱい……」

弟がキラキラと目を輝かせてヒーローたちの活躍に興奮している傍らで、姉はおもしろくなさそうに「ふ〜ん」となにやら思案している。

「──お姉ちゃん？」

弟はきょとんと姉を見あげた。

島のほぼ真ん中あたりにある旅館の建物の電話が鳴った。

「雄英ヒーロー事務所です」

芦戸三奈がすぐに受話器を取り、元気よく対応する。一階のラウンジのダイニングテーブルにはメンバーそれぞれのパソコンが置いてあり、それぞれ待機したり、事務処理などに応対していた。

「……はい、すぐ向かいます」

用件を聞き電話を切ると、すぐさまご指名の上鳴電気に声をかける。

「上鳴、西地区の松田さん、バッテリーがまた上がったって」

「またかよ！　あのおっさんいいかげん、買い替えろって……」

しょうがねえなといった態度で立ちあがった上鳴に、芦戸が励ましの声をかける。

「がんばれチャージズマ！」

それに促されるように、麗日お茶子と葉隠透と耳郎響香、そして緑谷出久も「ゴーゴー」と励ます。単純が長所の上鳴は声援に力をもらい、「ゴー！　ゴー！」と陽気に出かけていく。すぐさま別の電話が鳴った。

「ハァイ、こちら雄英ヒーロー事務所……。なんでもキラキラに解決しちゃうよ☆」

ウィンクしながら電話に出たのは青山優雅。その近くで葉隠は口田甲司からの連絡を受けていた。

「迷い犬見つかった？」

『今見つけた。大丈夫、元気だよ』

森の中をさまよっていた島民の飼い犬を優しく抱きながら、そう答える口田。口田の〝個性〟生き物ボイスは声に意志を乗せて動物を操れる。迷子の動物探しにうってつけだ

った。犬は口田が気に入ったようで顔をペロペロと舐めている。

「お疲れさま。次はインコ探しだって」

葉隠が労いながらも次の仕事を告げた後ろで、お茶子が子どもからかかってきた電話の対応をしている。

『弟が迷子になってどこにもいないの……』

今にも泣きだしそうな子どもの声に、お茶子は優しい声をかけた。

「大丈夫、落ち着いて。まずあなたと弟くんのお名前は？」

事務所への電話は休みがない。

「心配ありませんわ。はい……」

同じくにこやかに電話対応していた八百万百が通話を切ると飯田天哉に言った。

「飯田さん、佐藤のおばあちゃんがギックリ腰に」

「わかった。ただちに急行する！」

飯田はすぐさまマスクをかぶり、ダッと事務所を飛び出した。その直後、状況を聞き終えたお茶子が事務所内を見回しながら口を開く。

「商店街で迷子！　手の空いてるヒーロー一緒に……あ！」

お茶子の目がダイニングの一角にある和室で寝転がりながら、島の地図を見ている爆豪勝己にとまる。しかしそれを察知した爆豪は即座に言った。

「断る」

「早っ！」

素っ気ない爆豪に突っこむお茶子。爆豪の向かいにいた漢気あふれる切島鋭児郎が代わりに立ちあがった。

「そういうことを言うなってバクゴー。麗日、俺が一緒に……」

「おめえの〝個性〟で迷子が捜せるか！」

地図に目を落としたままの爆豪の言葉に、切島は「う……」と言葉に詰まる。切島の〝個性〟は硬化。敵からの攻撃などには強いが、迷子探しには役に立ちそうもない。耳郎がスッと立ちあがった。

「迷子探しなら、ウチの出番だね」

耳から伸びているプラグは〝個性〟のイヤホンジャック。プラグを差しこんで爆音を流すこともできるが、小さな音を聞くこともできるので捜索にはピッタリの〝個性〟だ。

「麗日さん、僕も行くよ」

続いて出久が立ちあがる。朝からひっきりなしに休憩もなく出動しているが、その顔はヒーロー活動ができる充実感にあふれていた。早く迷子の子をみつけないとと、すぐ事務

所を出て、〝個性〟のワン・フォー・オールを体全体に行き渡らせ、全身を強化させる。

（ワン・フォー・オール、フルカウル8パーセント）

憧れのヒーロー、オールマイトから譲渡された〝個性〟を発動させるとき、出久はいつもオールマイトと一緒にいる感覚がする。それだけでなく、引き継がれてきた歴代のワン・フォー・オールの継承者たちの想いがこの力に込められているのを実感できた。まだ100パーセントを操れるまでには至っていないが、その日を目指して日々特訓中だ。

出久が浮き輪を腰に回し、お茶子が自分と耳郎に触れ、重さをなくす。お茶子の〝個性〟の無重力だ。お茶子と耳郎が浮き輪につかまると、二人の足が浮く。お茶子の〝個性〟と出久の力があれば、浮き輪も移動の道具になる。

「ヒーロー事務所！」

浮きあがるお茶子のかけ声に耳郎も応える。

「1年A組！」

「「「出動！」」」

出久がダッと駆けだした。大きく跳躍しながら島を進んでいく。三人の眼下に島の風景が広がった。

本州には見られないどこか異国のような石垣が続き、鮮やかな菜の花が咲いていた。どこまでも続きそうなサトウキビ畑に、抜けるような青空とエメラルドグリーンの海が太陽の光を受けてキラキラと輝いている。

この小さな島で、雄英高校ヒーロー科1年A組の生徒二〇名はヒーロー活動をしている。

その理由は――。

MY HERO ACADEMIA
HEROES:RISING

いつも限界ギリギリに眠そうな公安委員会の目良善見が雄英高校の校長室へやってきたのは数週間前のこと。目良からの説明を聞き、根津校長とオールマイトが訊き返す。

「ヒーロー科生徒による、プロヒーロー不在地区での……」

「実務的ヒーロー活動推奨プロジェクト……？」

「はい、現在超人社会は混沌の渦中にあります」

目良はオールマイトにチラリと視線を移し、いつもの気だるげな声で言う。

「ナンバー1ヒーロー……平和の象徴と呼ばれたあなたは、事実上引退。それに起因した敵たちの台頭」

現在、ヒーローたちがオールマイトの穴を埋めようと必死でがんばっているが、そう簡

単に埋まらないほど、平和の象徴の存在は大きかった。

〝個性〟を消すクスリを開発した死穢八斎會。それをヒーローたちが制圧した隙を狙い、〝個性〟を消すクスリを奪った敵連合。連合は現在、リ・デストロ率いる異能解放軍を傘下におさめ超常解放戦線と名を改めているが、今はまだ公安上層部と公安の命令で潜入捜査しているホークスだけの秘密だ。

「ヤツらに対抗するためにも、次世代のヒーロー育成が急務だと？」

根津校長の言葉に目良が答える。

「ヒーロー公安委員会の上層部は、そう考えているようです。まあ、ご意見もあるとは思いますが、なにとぞよろしくお願いします」

そうしてあわただしく決まったプロジェクト。国主導となれば、事はあっというまに進み、すべての準備を終えた頃、1年A組の担任、抹消ヒーロー・イレイザーヘッドこと相澤消太から生徒たちに決定事項として伝えられた。

「ヒーロー活動推奨プロジェクト……。おまえらの勤務地ははるか南にある『那歩島』だ。駐在していたプロヒーローが高齢で引退。後任が来るまでの間、おまえらが代理でヒーロー活動を行う」

「ものすごくヒーローっぽいのキターっ!!」

ほぼ全員が立ちあがり叫んだ。

「ていうか、もうヒーローじゃん！」

そう言う芦戸に上鳴も呼応して「テンションウェーイ！」と叫ぶ。

「やる気みなぎるぜ！」

切島も熱く拳を握りしめる。教室中が盛りあがるなか、爆豪と出久は神妙な顔をしていた。

ヒーローになる。

出久はその意味をゆっくりと噛みしめた。

（職場体験でも、インターンでもない、本物のヒーロー活動……。幼い頃からずっと憧れ続けたヒーローに、ついに僕は……）

じわじわと湧きあがってくる興奮に出久が身を震わせたそのとき、相澤があまりの騒ぎに目を赤く光らせ口を開いた。

「話を最後まで聞け」

低く威圧する声に、教室は一瞬で静まり返った。相澤の〝個性〟は抹消。相手の〝個性〟を一時的に消すことができる。A組の生徒たちは相澤の怖さを身をもって知っているため、一瞬で借りてきた猫になる。もちろん怖さだけでなく、相澤がいざというときに命

懸けで自分たちを守ろうとしてくれる姿を知っているからでもあるのだが。

そんな生徒たちの畏敬の念を知ってか知らずか、相澤はおとなしく姿勢を正し席についている生徒たちを見回し「……よし」と〝個性〟を解除した。

「このプロジェクトは規定により俺たち教師やプロヒーローのバックアップは、いっさいない。当然、なにかあった場合、責任はおまえらが負う事になる。その事を肝に銘じ、ヒーローとしてあるべき行動をしろ。いいな？」

すべて自分たちだけでヒーロー活動する。その重大さを感じながらも、生徒たちの顔に不安はなかった。ヒーローになると目指したそのときから、そのための努力をずっと続けてきたのだ。

「はい！」

夢が叶う。胸にあるのは奮い立つようなやる気だけだ。その気持ちのままの生徒たちは那歩島へやってきたのだ。

廃業していた元旅館を借りあげ、事務所とした。二階の大部屋で男女別に寝泊まりし、一階のラウンジをヒーロー活動の拠点としている。

やる気と一か月分の荷物を携え島にやってきてから数日、大きな事件はなくヒーローというより、なんでも屋のように島民からの要望に応える日々だったが、全員がヒーローとして仕事に向き合っていた。

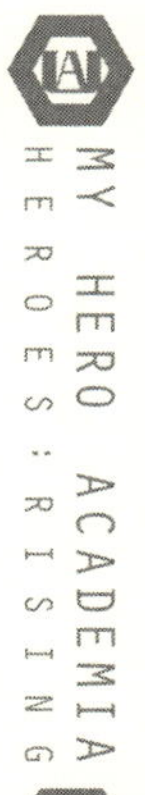

「お姉(ねえ)ちゃーん、どこー？　どこにいるの？　お姉ちゃん……」

港を見下ろす公園で心細そうに姉を探してウロウロしていた子どもに声がかけられる。

「活真(かつま)くん？」

振り返った子どもが見たのは緑色のヒーロースーツに身を包んだヒーローだった。

「島乃(しまの)活真くん、だよね？」

自分の元に駆け寄ってきた優しい笑顔のヒーローに、活真の心細さは一瞬で吹き飛んだ。

活真は肩からななめがけにしていたカバンのショルダーストラップを手でぎゅっと握りしめる。そこにはヒーローバッジがつけられていた。

「……ヒーロー……」

ついこの間まで駐在してくれていたおじいちゃんヒーローは、生まれたときからいた存在だったから、ヒーローというより同じ島民という感覚だった。だから数日前、島の外からやってきた若いヒーローたちが活真にとって自分が想像していたヒーロー像だった。

そんなヒーローの一人が目の前にいて、自分の名前を呼んでくれた。

活真にとって、それはまるで世界がぐんと広がったような出来事だった。

「お姉さんとはぐれたんだよね？」

屈んで目線を合わせてそう言われ、活真は姉のことを思い出した。「さ、僕が一緒に……」と差し出された手に、どうしていいかわからず戸惑っていたそのとき、一人の勝気そうな女の子が滑り台に現れた。

「遅い！　遅すぎる！」

「お姉ちゃん!?」

女の子は滑り台を滑り降り、突然のことに戸惑っているヒーローの前に立つ。そして値踏みするように全身を見回し、ピシィッと指を突きつけ言った。

「あなた名前は？」

「デ、デクです……あの、キミは……」

「活真のお姉ちゃんの、真幌！」

「じゃあ、弟さんを見つけてたんだね……よかった…」

この女の子が電話をくれた子かと気づき、ホッとした出久に真幌はバッとスマホをみせつけた。

「ちっともよくない！　迷子探しに一時間もかかるってどういうこと!?　あの雄英ヒーロー科のくせに、ダメダメじゃない。これなら前にいたおじいちゃんヒーローのほうがよっぽどよかったかも！」

　連絡してからみつけるまでの時間を計っていた画面を手に、グイグイとすごい剣幕でまくしたてる真幌の迫力に圧され、出久は思わず「す、すみません……」と膝をつく。真幌はその姿にあきれたように言う。

「ま、しかたないか、まだ高校生だし……」

「すみません、すみません」

　そのとき、耳郎とお茶子が遅れてやってきた。

「デクくん……？」

　女の子相手にしきりに謝っている出久に、二人は首をかしげる。真幌はそんな出久の姿に満足そうな笑みを浮かべた。

「今後はちゃんとヒーロー活動してよね、デク！」

「は、はい、以後気をつけます……」

「行こう活真」

「え、あ、うん」

おろおろと見守ることしかできなかった活真が、真幌の元へ駆け寄ろうとして出久の前で立ち止まる。

「……あ、あの……ありがとう……」

「お礼なんて言わなくていーの！」

もじもじしながらそう言った活真の手を引き、真幌はお茶子と耳郎の間を突っきって公園を出ていった。そんな二人を唖然と見送ってからお茶子と耳郎が立ちあがる出久のもとにやってくる。

「……デクくん、どういうこと？」

「なに謝ってたの？」

「迷子を捜すのが遅いって叱られちゃった」

しょぼくれた様子だった出久の言葉に耳郎が「はぁ？　なにそれ？」と困惑する。迷子になっている心細い子を探し出そうと急いでやってきたのに、あまりの言い草だ。けれど出久がホッとしたように続ける。

「でも、よかった」

「なにが？」

わずかに眉をよせる耳郎の前で出久は笑った。

「活真くんが、無事お姉さんに会えて……」

心からの笑顔に耳郎とお茶子がきょとんとする。あきれる耳郎の隣でお茶子が顔をゆるませた。

「……ほんとデクくんは、デククんって感じだね」

「なにそれ？」

わからずに訊いてくる出久に、お茶子はウィンクしサムズアップする。

「根っからのヒーローってことさ！」


真幌と活真は、公園近くの売店で買ったアイスを手に帰路についていた。

「やっぱりダメダメヒーローだったわ。そもそもこんな小さな島で事件なんか起こるわけないのに。きっとアレね、雄英でもとくにダメダメな人たちなのね♪」

上機嫌な真幌を活真はチラリと見て小さな声で言う。

「……ちゃんと探しに来てくれたよ……あのお兄ちゃんは……ヒーローだよ……」

真幌はわずかに目を丸くして、悲しそうにうつむく弟を見た。気弱な優しい弟がまるで自分に抗議するように意見を言ってくるなんて。弟がまるでヒーローに取られてしまったような気がした。

（……ふんだ。なら、このあたしがヒーローの化けの皮を剥いでやるんだから！）

ぷぅとむくれてアイスを勢いよくかじった真幌の頭がキーンとなる。

「お姉ちゃん⁉」

アイスクリーム頭痛に苦しむ姉の異変に活真はおろおろと心配した。


「A組、ちゃんとヒーロー活動やっているだろうか……」

雄英高校の職員室の窓から音もなく降ってくる雪を眺めてそう言ったオールマイトに、自分のデスクで事務作業をしながら相澤が答える。

「『那歩島』の人口は一〇〇〇人……ここ三〇年の事件は些細なものばかり……まぁ、問題はないでしょう」

振り向いたオールマイトの後ろの窓の外はモノトーンの冬景色だ。冬なのに夏のような島とは正反対の景色だろう。

学生にとって一か月はあっというまかもしれないが、教師たちにとってはよけいな心配をしてしまうくらいには長く感じる。それでも送り出したのは平和な島だからだ。「それに」と相澤は続けた。

「ヒーローってのはあなたのように大災害に単身赴いたり、凶悪な敵と戦うことばかりじゃありません。守る者とのかかわりは、あいつらにとって貴重な体験になるはずです」

犯罪の多い都市部とは違い、地方でのヒーローの在り方は少し違う。救うのはべつに命に限ったことではない。人々の安全な生活を救けるのも、ヒーローの仕事だ。

自分たちだけでヒーローとして活動して、学校では学べないことをその身で学んでくるはずだ。

それを確信しているように再び事務作業を再開した相澤に同意するように、オールマイトも力強く頷いた。


夕方になり、事務所への依頼もやっと落ち着いた。休憩もそこそこにひっきりなしで働いていた面々がやっと一息ついて、ぐったりとしている。

「疲れたな……」

「労働基準法プルスウルトラしてるし」

砂藤の言葉に上鳴が頷く。瀬呂が、オレンジジュースを補給しながら学級日誌をつけている飯田に軽くぼやいた。

「イインチョー、ちょっと細かい仕事受けすぎじゃね？」

同じような状況が数日間続いて疲弊するのも無理はなかった。迷子や探し物などから小

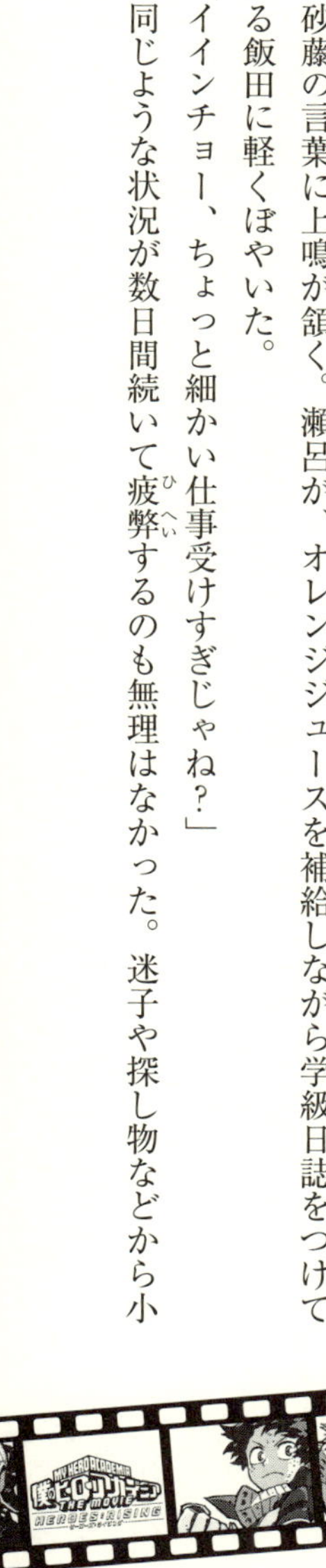

間使いのような仕事まで引き受けている。けれど飯田はきっぱりと言った。

「事件に細かいも大きいもないだろう」

それをフォローするように八百万が言い添えた。

「ヒーロー活動しているとはいえ、私たちはまだ学生……。着実にこなし、島の皆様からの信頼を得なければ」

その意見に反対する者はいなかった。突発的な災害や敵（ヴィラン）に襲（おそ）われたわけでもなく、平和な島でのヒーロー活動だ。島民からすればヒーローとはいえ、よそ者に違いない。まずは信頼関係を築くことがヒーロー活動をしていくための土台なのだ。でなければヒーロー活動はただの親切の押売りになってしまう。

峰田もその意見に同調していたが「はーい」と手をあげ言った。

「ここに来て一度もヒーロー活動してないヤツがいるんですけど……」

そしてニヤニヤと爆豪を指差す。差された爆豪は威嚇（いかく）するように顎（あご）をあげた。

「わざと事務所に残ってんだよ、おまえらが出払ってるとき敵（ヴィラン）が出たらどうすんだ、あ⁉︎」

「この島に敵（ヴィラン）はいねーだろ」

疲れてぐったりしつつ、切島が言ったそのとき、ドアの開く音がした。

「ちょっとお邪魔するよ」

「村長さん！」

島民たちを引き連れてやってきたのは那歩島の村長だった。出迎えに近づいた飯田は、村長の後ろから出てきた四〇歳代くらいの女性に気づく。

「さっきは、ばあちゃんを病院にまで運んでくれてありがとね」

「あ……」

それは昼間、出動したギックリ腰になった佐藤のおばあちゃんの娘だった。飯田は動けなくなった佐藤のおばあちゃんを背負い、病院へと運んでいた。スピードがありつつ腰に負担をかけない安定した飯田の走りのおかげで速攻で病院へ着くことができたお礼にと差し入れを差し出す。続いて、八百万が壊れたスクーターを直した鈴村も同じく差し入れを八百万に渡した。

「バイクの修理助かったわ！」

「うちのバッテリーも！」

バッテリーの上がった、サトウキビの収穫などに使う機械の充電をした上鳴に、松田が言う。その横で峰田がナンパから助けた女の子たちも差し入れを持参していた。

「ビーチの安全ありがとう！」

「とれたての魚だぞ！」

最後にどーんと鮮魚を差し出したのは、切島が漁港で軽トラックの荷物を運ぶのを手伝った漁師だった。

「お礼というわけじゃないけど、よかったら食べとくれ」

目の前に差し出されたご馳走の数々に、若きヒーローたちが目を輝かせた。身の周りのこともちろん全部自分たちでやりながらのヒーロー活動だ。掃除、洗濯はもちろん食事も。エネルギーに直結する差し入れはありがたいことこのうえなかった。

「いっただっきまーす！」

「君たち、少しは、遠慮したまえ！」

今にも食いつかんばかりのみんなに飯田が注意する。委員長はいつでもどこでも委員長なのだ。それじゃあと帰っていく村長たちを飯田と八百万が事務所の外まで見送りにいく。

「すみません、わざわざ……」

手厚い差し入れに申し訳なさそうな八百万と飯田に、村長が日に焼けた顔で微笑む。

「いやいやあんたらが来てくれて、本当に助かっとるよ」

「これからもよろしくお願いいね」

鈴村はじめ、他の島民も笑顔で頷く。その笑顔には確かな信頼が生まれていた。それが

MY HERO ACADEMIA

HEROES:RISING

わかり、飯田と八百万はこの校外活動が無駄ではなかったことを知り、胸が熱くなった。

「はい！」

「精いっぱい、つとめさせていただきます！」


「ごちそうさまでした」

ご馳走はあっというまにみんなの胃袋におさまった。どれもこれも素朴で美味しく、まさに島の恵みだった。美味しいもので満たされた面々はその余韻をだらりと味わう。

「あ〜、おいしかったぁ」

満足そうに言った出久に隣の障子がしみじみと頷く。

「人のやさしさが身にしみるな」

「ヒーローをやっててよかったと思える瞬間よね」

「うん」

梅雨の言葉にお茶子も同意した。見返りを求めて活動しているわけではないけれど、感謝の気持ちはなにより嬉しい。それは自分たちがちゃんとヒーローとして活動できた証のような気がするのだ。

心と胃袋の満腹でほわほわしているみんなの空気に爆豪が「ケッ」と毒づいたそのとき、

上鳴と瀬呂たちが前を通りかかった。

「バクゴーのかっちゃんくん。俺ら風呂入って寝るから」

「宿直よろしく！」

上鳴の言葉に爆豪の向かいにいた切島も、一緒に行くのかいつのまにか一行に加わっている。一瞬「あぁ？」ときょとんとする爆豪だったが、上鳴たちの勝手な言い分に吠（ほ）えた。

「……なんでだよ！」

「だっておまえ、今日なにもしてねーじゃん」

瀬呂にあっさりと指摘され、爆豪は「ぐぬぬ……クソがぁ！」と押し黙（だま）るしかなかった。

片づけ、掃除、食事などとともに宿直も当番で決まっていたが、働き具合や疲労具合によっても臨機応変（りんきおうへん）に対応していくのは自然のルールである。

「よし、今日は僕たちが片づけ当番だな。緑谷くん、轟くん。ぱぱっとやってしまおう！」

「そうだね！　僕、お皿洗うよ」

「緑谷、洗剤ねえぞ」

「あ、ごめん！　詰め替えるの忘れてた！　梅雨ちゃん、洗剤のストックどこだっけ？」

「シンクの下よ、お茶子ちゃん」
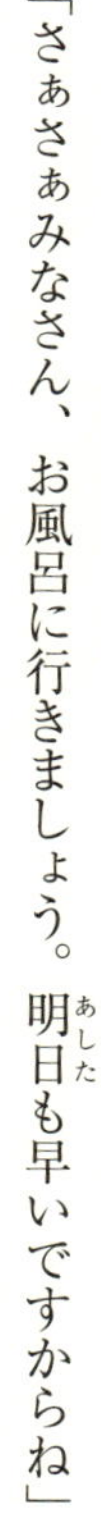
「さぁさぁみなさん、お風呂に行きましょう。明日（あした）も早いですからね」

「そうね、そうしましょう。みんなで裸のつき合いね」

「峰田、気持ち悪い裏声使ってついてくんな」

「今度お風呂覗こうとしたら、相澤先生に報告するからね！」

「やめろ、葉隠！　強制送還されちまうだろうがぁ！」

「うるっせえ！　さっさと風呂いっとけや！」

ヒーローからいっとき学生に戻ったみんなの声が事務所に響く。そんな時間は貴重な息抜きだった。

片づけなどやるべきことをすませたあとは、それぞれの自由時間になる。お風呂をすませたり、勉強したりしたあとは疲れのため、みんなほとんど早めに眠りについてしまうのが島に来てからの常だった。今日も例外ではない。

だが出久は一人、事務所の前で蹴りの練習をしていた。それも出久の習慣だった。

「1365……1366……1367……1368……1369……」

明かりの少ない那歩島の夜空には、無数の星が一つ一つ存在を知らせるように瞬いている。遠い昔から届いた星の光を見て、古代の人々は物語を紡いだ。そして、その物語は連綿と伝え続けられている。

出久は蹴りの素振りを続けながら、引き継いだ力のことを、そしてオールマイトのことを考えていた。

救いを求める声と、義勇の心が紡いできた力の結晶であるワン・フォー・オール。無個性だった自分に託してくれたオールマイトの言葉を思い返す。

『ワン・フォー・オールを受け継いだ君は……いつか巨悪と戦うことになる』

『次は…君だ……！』

ワン・フォー・オールを受け継いだ日から、憧れのヒーローは敬愛する師匠になった。

平和の象徴として宿敵であるオール・フォー・ワンと戦い抜いた姿は涙で歪んでいたけれど、今もはっきり胸にある。

練習を終えて、わずかに息をきらしながら出久は自分の手をみつめた。傷だらけの不格好な手は、まだ力が思うように扱えなかったときのもの。

（今の僕はワン・フォー・オールの力を最大20パーセントまでしか使いこなせない。もっともっと努力して早くこの〝個性〟を自分のものにしないと……！）

平和を求め戦った人たちが紡いできた想いの力を受け継いだことを再確認するように、出久が拳を握りこむ。そのとき足音がした。

「かっちゃん!?」

それは見回りから戻ってきた爆豪だった。

「あ、パトロールお疲れさ――」

「ちったあ成長したのかよ、ワン・フォー・オール」

いつものように苛立ちを含んだ声で素っ気なくそう言った爆豪に、出久はあわてて「シーッ」と口に指を当てながら事務所を振り返る。ワン・フォー・オールの秘密を知っているのは、この島では二人だけだ。

「ここでその話はまずいって……」

「俺は気が短けぇ」

かまわず通り過ぎる爆豪に、出久の表情が翳る。

「そ、それは痛いほどわかってます。小さい頃からずっと一緒だし……」

出久は思わず敬語になるほど、少し前まで爆豪に虐げられていた。二人は幼馴染で、幼い頃は、一緒に遊んでいたりしたが、あるときから関係は変わってしまった。中学に入ってからそれはより一層ひどくなり、そのときのクセで出久は爆豪に対すると身がすくんでしまうようになった。

けれど、雄英高校に入って出久も成長し、爆豪も自分なりに己を省みて、ぶつかった結果、昔よりわずかに本音で話しあうこともできるようになってきた。自分のせいでオールマイトが負けてしまったと思い苦しんでいた爆豪に、ワン・フォー・オールの秘密を打ち明けたことも二人の関係が再び変わっていくきっかけとなった。

「なら、早く〝個性〟を自分のものにして俺と戦え」

爆豪は振り返りきっぱりと言う。

その言葉に出久は目を見開いた。否定ではなく、挑戦。それは自分がワン・フォー・オールを完全に操れるようになれることを信じていてくれるようにも聞こえた。

関係が変わっても、出久のなかで変わらなかったことが一つだけある。

どんなに虐げられても、爆豪の強さに対する憧れはずっと消えなかった。ある意味、一番身近にいたヒーローでもあったのだ。

「証明してやるよ。ナンバー1になるのはこの俺だってな」

挑（いど）むような爆豪に、出久は自分の拳をみつめた。

「……うん。必ずこの〝個性〟を自分のものにしてみせる。——最高のヒーローになるために……」

「その最高を超えるのが俺だ」

出久は晴れやかに、爆豪は威圧するように、お互いをまっすぐみつめた。出久のなかにおびえはもうない。

そのときだった。

「あの」

聞こえてきた小さな子どもの声に、二人は振り向く。そこにいたのは活真だった。

「君は、昼間の……」

「ヴィ、敵が……」

おどおどしていた活真が意を決したように言う。

「──出たんだ」

「敵が……⁉」

「詳しく聞かせろ！」

爆豪は驚く出久を押しのけて、活真に詰め寄った。

Part.3

パンドラの箱

ナインと行動を共にする敵（ヴィラン）。全身に巻かれた包帯を使った“個性”を持つ。

MUMMY

大都市の夜は明るく、星は地上にしかない。その一角にヒーロー公安委員会本部のビルがあった。そのなかの委員長室では公安委員長と公安幹部、そしてホークスがモニターに映し出されている西日本の地図を見ていた。地図上には点々と四つのポイントが示してあり、四人のヒーローの写真が貼りこんである。

「先週から継続的に発生しているヒーロー暴行事件……。被害者は全員意識不明……しかも〝個性〟を消失。死柄木一派は、指定敵団体が密造した《〝個性〟を消す針》を入手している」

指定敵団体とは死穢八斎會のことである。それをまとめていた若頭の治崎廻が、組長の孫である壊理の、生物の構造自体を巻き戻してしまう〝個性〟を利用した、個性自体を消滅させるクスリを作り出していた。その数少ない完成品は死柄木たちによって奪われている。

公安委員幹部の説明を聞いていた委員長が神妙に口を開く。

「彼らが針の量産に成功したという情報は？」

委員長がモニターを見て思案しながらホークスに問いかける。

「いいえ、聞いていません」

「なら、調べろ、ヤツらの内偵を続けて……」

「〝個性〟を奪われたとは考えられませんか？」

幹部の言葉をホークスは遮った。

「……なに？」

表情を曇らせる幹部を気にする様子もなく、ホークスは続けた。

「被害者はヒーローですから、失った〝個性〟は当然使えるものばかりです。もし容疑者があのオール・フォー・ワンと同じ《〝個性〟を奪う〝個性〟》を持っているとしたら……」

〝個性〟の喪失ではなく、強奪だったとしたら。それは、〝個性〟を複数持つオール・フォー・ワンのような敵の出現を意味している。あの神野の悪夢は記憶に新しい。

ホークスは当たってほしくない予想に、わずかに眉をひそめた。

「……そんなことが……」

押し黙った委員長にホークスはドアを開けながら力を抜くように眉をあげてみせる。

「ま、どちらにしろ死柄木がらみです。両方の線で追ってみますよ」

無駄な力が入ったままでは、情報収集することは難しい。羽のように軽くなければならないことをホークスは知っていた。


「結局、積荷はどこに行ったんでしょう？　ヒーロー側は回収してないんですよね？」

薄汚れたソファーの肘置きに腰を預けながら、女子高生の制服を着たトガヒミコがムゥと首をひねる。トガは先だっての仕事の失敗について思案していた。

山のなかにある高級ホテルのようなアジトと違い、今は使われていない資材置き場のプレハブ小屋が死柄木たちのアジトだ。

もちろん超常解放戦線のアジトも自由に使える立場だったが、今回の輸送の件は死柄木たちが独自にオール・フォー・ワンの右腕ともいえるドクターから荷物の運送を頼まれた案件だったので、ここを待機場所にしていた。

「ああ、そいつは確実な情報だ」

小屋の隅からトガに答える荼毘。その近くでミスターコンプレスがおもしろくなさそうに言った。

「結局さ、積荷の中身は何だったわけ？」

「ドクターいわく、『知る必要はない』そうだ」

トガの向かいのソファーで黙ったままの死柄木が小さく口を開く。死柄木の言葉にみんなが一瞬きょとんとなる。

「なんだそりゃ?」

トガの近くでそう言ったスピナーに続き、全身をラバースーツで覆ったトゥワイスが噛みつく。

「配送だけさせて後はダンマリか?」

今回の件は、頼まれたというより命令のほうが近い。彼らは自由に生きたくて社会に反旗を翻した面々だ。誰かに命令されるのは意に反する。そのうえ理由も荷物の正体も知らされないとなれば、ただの使いっぱしりのようで腹立たしいのだ。

「ますます気になりますねェ」

興味をひかれたように言うトガに、死柄木は立ちあがりながら言った。

「とにかく忘れろ、いいな」

「了解！　やなこった！」

相反するが素直なトゥワイスの返事を背に、死柄木は小屋を出た。少し前に聞いたドクターの言葉を思い返す。

『死柄木弔……。《アレ》に触れてはならない……忘れるんだ……』

モニター越しのその重々しい声が耳から離れない。触れてはいけない、忘れてなくてはならないと言われるのはパンドラの箱だ。そして、その箱の中には災いが入っている。

死柄木は顔に手を装着し、どこかへと歩きだした。

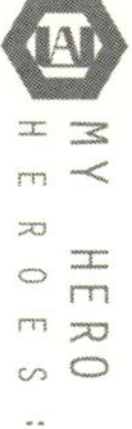

本島の都市部では、夜空に星はちらほらと見えていた。

信号で交差点に停まっている軽トラックの中で、ダッシュボードにホルダーで固定されている携帯に動画メールが流れている。映っているのは真幌と活真だ。

『次に帰ってこれるの一〇日後だったよね！』

『お父さん、お仕事がんばって』

それを愛おしくてしょうがないという顔で見ているのは、出稼ぎで本島の建築現場にやってきている二人の父親だった。子どもたちに寂しい思いをさせているのはわかっているが、生活していくためには働かなければいけない。けれど心配で会いたくて、信号待ちの間だけでも姿を見ていたくなってしまう。

『こっちのことは心配しなくていいよ。活真の面倒はちゃんとあたしが見るから』

エッヘンと胸を張ってそう言う真幌と活真の姿に、父親は話しかける。

「……ありがとな、真幌、活真……。目いっぱいおみやげ――」

そのときだった。軽トラックのライトに獣のような何かが急に突っこんくるやいなや、そのまま体当たりしてきた。跳ねあがった軽トラックをつかみ、軽々と道路に叩きつける。

「ぐうっ！　…うっ……うう……！」

反動で車から父親が投げ出された。衝撃と痛みに呻いていたが、近くの人影に気づき顔をあげる。その顔が恐怖に歪んだ。おびえる父親を見下ろすのは、マミー、スライス、そしてナイン。

「――ようやく、見つけた……」

ナインが父親に近づく。憂いをおびた静かな目の奥に、底知れない冷たさが滲んでいる。

「安心しろ、殺しはしない。だが」

「な……なにを……」

ナインの淡いグレーの瞳が黄色に変わる。自らの目を通して父親の〝個性〟をサーチし、求めていたものをみつけた。そしておびえる父親の頭をそっとつかむ。

「〝個性〟をもらう」

ナインの目が緑色に変わり、得体のしれないエネルギーが父親へとふきつけられる。

「う……うう……う……」

直後、父親は体の奥から何かが抜けていく感覚に襲われた。

「あ、あああ、あ……あ……」

ただされるがまま持ちあげられる父親から何かが抜けていくのと同時に、ナインの体に何かが流れこむ。それはまるで決してひっくり返ることのない砂時計のように、ただ中身が一方に落ちていくようだった。

ナインの頰の傷が癒えるように消えていく。

夜空にどこからか重い雲が現れ、星を隠していった。生き物のように急速に広がるほの暗い雲のなかに鮮やかな光が警告のように小さく生まれては消える。うなり声のようなゴロゴロという低い音のなかで父親は意識を失った。

ナインは用ずみになった父親から手を放すと、ゆっくりと片手を掲げる。激情の欠片もない冷徹な赤い目のまま手を下ろすと、少し離れたビル群に空を裂くような巨大な雷が落ちた。あまりの威力に近くのビルが倒壊し、その付近から停電し明かりが消えていく。間を置かず、ナインは腕を振り下ろし続けた。そのたびに落雷し、爆発と倒壊が繰り返され、やがて街の明かりに変わって、いたるところに火の手があがった。そのさまはまるで気まぐれな神の怒り。一つの町が今、壊滅しようとしている。

その光景を嬉々として見ていた、軽トラックに突っこんだキメラが拳を握りしめ思う。

「ついに手に入れたか……」

「これで……実現する」

同じく嬉しさのあまり震えながらマミーが呟く横で、スライスが地獄のような素晴らしい景色を作りだしたナインを見ていた。

「私たちの望む——新世界が……」

佇むその姿は、まるで神のように見えた。すべてを壊し、そしてすべてを生み出す畏怖すべき存在。いや、三人にとって、ナインはすでに神のようなものだった。

だがそのとき、ナインの表情が一変する。

「グッ」

「ナイン⁉」

苦しそうにうずくまったナインに、スライスたちはあわてて駆け寄った。ナインの全身にヒビが広がっている。

「な、なぜだ、なぜ……」

ナインは混乱しながらも自分の手をサーチする。

「……！　B型が不足している……」

苦しそうに言ったナインに、マミーがショックを隠しきれずわずかにうつむいた。

「！　……なんと……」

「ここまできてふり出しかよ、クソが！」

キメラが悔しそうに言葉を吐き出す。その近くでスライスが冷静に言った。

「いえ、まだ策はあるわ」

スライスの手には、拾いあげた父親のスマホがあった。

『お父さん、お仕事がんばって』

『こっちのことは心配しなくていいよ。……』

画面に再生されたのは、父親へエールを送っている活真と真幌。二人を認識したナインの目が希望を見たように細まる。

「……そうだった……〝個性〟は遺伝する……」

MY HERO ACADEMIA
HEROES:RISING

「なんでクソデクまでついてくんだ⁉」

活真から敵のことを聞いた爆豪は、活真を小脇に抱え、片手を〝個性〟で爆破させながら夜道を進んでいた。その後ろを出久がフルカウルで追いかけている。

「なんでって……本当に敵がいたら……」

　心配そうな出久に爆豪が苛立つ。幼いころから爆豪が目指すのは、他の追随を許さないトップだけだ。心配されることなど侮辱でしかない。

「一人で充分だろうが！」

「うわっ」

　爆破を強くし爆豪がさらに跳躍する。出久が爆風に煽られ一瞬バランスを崩した隙に、爆豪は一気に進んでいった。活真の帽子が飛ばされる。

「おい、敵を見たのはどこだ⁉」

「あ、あの城跡のなか」

　おどおどしながら活真が答えると、爆豪は「それを早く言え！」と言いながら爆速する。急スピードに活真が「お姉ちゃあああん！」と泣きそうな声で叫ぶ。

　活真が指差したのは海をはさんで島と細い道で繋がっている城山だった。大昔、城があった場所で、遺跡のような城跡が残っている。島側から見ると前方は長い門で囲まれており、小高い山の上部に残っている城跡はかなり大きく、当時とても立派だったことが窺える。

「あそこ！」

活真が差した門の向こうからカマキリのような巨大な敵が立ちあがってきた。爆豪たちに気づいたようにゆっくりと振り返ったのを見て、爆豪は「隠れてろ」と活真を遺跡の陰に追いやる。そしてすぐさま巨大敵に向かっていく。帽子を拾って追いついてきた出久も巨大敵に気づき、活真の元へと向かった。

「閃光弾!!」

巨大敵に向かい合った爆豪は先手必勝とばかりに両手を爆破させ、周囲に閃光を走らせ巨大敵を照らす。

「——こいつ……」

目くらまししてから次の攻撃態勢に入ろうとしていた爆豪が異変に気づく。そんな爆豪に巨大敵が持っていたカマを振り下ろした。活真をかばいながら出久がその光景に思わず叫ぶ。

「かっちゃん！　……えっ!?」

次の瞬間その声が困惑に変わる。爆豪は身動きせず、そのカマを受けたのだ。カマに潰されたように見えた爆豪は、なぜかそのカマをすり抜けた。そしてそのままゆっくりと構えて、地面を爆破した。衝撃に揺れる地面と同調するように巨大敵の姿がブレる。

「わっ⁉　あいた！」

爆破の衝撃とともに、近くにいた真幌が一瞬浮きあがった。同時に巨大敵がフッと消える。

「いっ、たた……もう！　ちょっとぐらい怖がりなさいよ！」

遺跡の陰から這い出てきた真幌に「！　……あの子……」と出久が気づく。真幌の前に爆豪が仁王立ちで言った。

「幻の敵を出したのはおまえだな？」

「‼　えっ…どうして幻だって……？」

ギクッとする真幌に爆豪が吠える。

「わかるわ！　影がねーんだよ！」

閃光弾に照らされた巨大敵に影がなかったことで、爆豪はそれがニセモノであることに気づいたのだ。巨大敵は真幌の〝個性〟の幻影だった。

「おいクソガキ、ヒーローおちょくって楽しいか？　あ？」

「……え、あ……」

睨まれ怯む真幌に、さらに爆豪の怒りが増していく。

「俺はそんじょそこらのヒーローとはわけが違ぇ……。オールマイトを超えてナンバー1

ヒーローになる男、爆豪勝己だ……。おちょくる相手を間違えたな……」

目がつりあがり鬼の形相になっていく爆豪に、真幌はすっかりおびえきってしまって言い返すことも逃げ出すこともできない。そのとき、活真が爆豪を止めるように駆け寄った。

「ね、姉ちゃんを叱らないで」

「ああ？」

振り向いた爆豪の怒りの形相に、活真もすっかりおびえきって泣きそうだ。だが、爆豪は容赦しない。

「おめえもグルか……なら……」

「やりすぎだって、かっちゃん」

おびえきる子どもに、さらにメンチをきって今にも手を出さんばかりの爆豪を、出久が後ろから止めに入った。

「放せクソデク！」

「子どものイタズラでよかったじゃないか」

容赦ない肘打ち連打にもめげず、出久が爆豪を止めている。二人がもみ合ってバランスを崩して転んだ隙に、やっとの思いで真幌が活真に近づいた。

「活真」

今のうちに逃げようと、真幌が活真の手を取り駆けだす。活真は出久と爆豪に何か言いたそうに振り返るが、手を引かれるまま引っ張られていく。

「そういう態度が昨今のガキの増長を招く……⁉　待てやコラ‼」

「ギャ〜！」

真幌たちに気づいた爆豪が這いずりながら追いかけようとするのを、出久があわてて止めようとして背中から馬のりになって爆豪の顔を両手で押さえる。それはまるでプロレス技のキャメルクラッチのようだった。

「だからダメだってば！」

「俺に命令すんじゃねーえ！」

ふだんから相容れない幼馴染は、子どもへの接し方もやはり相容れなかった。


「……な、なんなのよ。さっきのバクゴーってヤツ……なにがナンバー1ヒーローになる男よ。《敵っぽいヒーローランキング一位》の間違いじゃないの⁉」

あわてて城山から逃げ出した真帆と活真は、サトウキビ畑のなかにしゃがみこんで身を隠した。あがる息で真幌がそう毒づくと活真はなにか言いたそうに顔をあげたが、ゆっくりとうつむいた。それでもそっと呟く。

「……救けに……来てくれたよ」

「！　………」

真幌はそんな活真をじっとみつめた。弟のカバンのショルダーストラップについている宝物の、忍者ヒーロー・エッジショットのヒーローバッジも。

「活真、そんなにヒーローになりたい？」

「………」

真幌の問いに、活真は小さく開いた口をゆっくりと閉じる。真幌はわずかに眉をよせてうつむいた。弟が言いたいことはとっくにわかっていた。それでも、真幌は口を開いた。

「反対だな、危険だし……。それにあたし、ヒーローよりもっとカッコいい人知ってるもん」

「……？　誰？」

真幌は屈託のない笑顔で言う。

「お父さん」

そばにいないのは、自分たちのために働いてくれているから。それがわかっているから、寂しくても寂しくない。真幌は星を見あげる。活真もそれにつられるように見あげた。

夜が暗くても怖くないのは、星が見えるから。お父さんが見守ってくれているような気がするから。真幌は立ちあがり、活真の手をひく。

「あたしと活真のことをいつも考えて守ってくれてる。活真には、そんなカッコいい人になってほしいな」

そう言ってまた空を見あげる真幌。その横顔を活真は黙ってみつめていた。


突然の落雷によって大規模な被害を受けた早朝の本島の市街地では、火災はまだ完全に鎮火しておらず消火活動が続けられ、救急隊によってケガ人がひっきりなしに運ばれていた。そんななか、ホークスは軽トラック事故の現場検証に立ち会っていた。

（被害者のなかにまた〝個性〟喪失者が……）

被害者が〝個性〟を喪失したとの情報を得て飛んできたのだ。まったくの別件で〝個性〟喪失事件が起こるとは考えにくい。ただ、今回の被害者は、ヒーローではなく一般人だった。意識はまだ戻らず、しかも身元のわかるものがすべて奪われている。

（犯人は、奪った〝個性〟がなんなのか知られたくない……？　なぜ、隠す必要が……）

やはり重要なのは奪った〝個性〟にある。

思案するホークス。

その現場を、少し離れた背後のビルの屋上から死柄木が見ていた。

那歩島のヒーロー事務所は、その日も朝から大忙しだった。夕方にさしかかろうという時間だったが相変わらず電話はひっきりなしで、宿直明けの爆豪以外は全員休みなく働いていた。

「はい、雄英ヒーロー事務所です。……旅行バッグの紛失ですね、わかりました、すぐ向かいます。……商店街で観光客の荷物がなくなって……」

電話を切った芦戸がせわしない事務所を見回しながら言うと、葉隠の手袋があがった。

「私、行く行く！　青山くん、ご一緒しよ」

「ウィ☆」

声をかけられた青山が華麗に立ちあがる。離島でもいつでもキラキラだ。その近くでパソコン作業していた峰田があきれたように言った。

「また、忘れ物かよ。そのくらい自分で…」

「依頼者の声……すっごくかわいかったなぁ……」

「うっひょーい！　困ってる人はほっとけねーぜ！」

思わせぶりにうっとりと呟く芦戸の言葉に、峰田は即座に立ちあがり事務所を飛び出していく。葉隠と青山もそれに続いたところで、連絡を受けた八百万が顔をあげた。

「障子さんから、ビーチに応援が欲しいとのことですわ」

ビーチには水中に強い梅雨も常駐しているが、人出が多く全体をカバーするのは大変だった。

「なら俺が行くよ」

「俺も定時パトロールに……」

そう言って出ていった尾白と常闇に続き、出久も立ちあがる。

「僕も、新島さん家の畑のお手伝いに行ってくるね」

いってきますと事務所を出た出久は、あわてて塀の陰に隠れた人影に気づいた。不思議に思って覗きこむと大きな帽子が見えた。

「活真……くん？」

「！」

みつかった活真はおずおずと立ちあがる。緊張したように落ち着かない様子に、出久が「どうかしたの？」と訊くと活真はゆっくりと振り返り、消え入りそうな声で言った。

「あ、あの……き、昨日はごめんなさい……」

活真がここに来たわけがわかり、出久は思わず笑顔になる。

「！　……偉（えら）いね、ちゃんと謝（あやま）りにきてくれたんだ。大丈夫だよ、怒ってないから」

「……ん？」

そのとき、宿直明けでやっと起きた爆豪が地図を片手にアイスをくわえながら、寝泊まりしている二階のベランダに出てきた。聞き慣れたしゃくにさわる声に下を覗き、二人に気づく。

「もう一人のヒーローにも、ごめんなさいって言ってくれる？」

まだ少し緊張した様子でそう言う活真に、出久は目線を合わせ頷（うなず）いた。

「うん、言っておく。でも活真くん、どうして昨日あんなことを？」

「……お姉ちゃん、ヒーロー嫌（きら）いなんだ」

悲しそうにうつむく活真が続ける。

「昨日も、敵（ヴィラン）が出たって言ったら、ヒーローは怖がって救（たす）けにこないって言うから……だから、僕……」

「……信じてくれたんだ」

「……え？」

「僕らが救けにいくって信じてくれたんだよね。だから呼びにきてくれた」

「…………」

嬉しそうに微笑む出久に活真が表情をわずかにゆるませ小さく頷く。出久は活真の胸のバッジに気づいた。

「そのバッジ、忍者ヒーロー・エッジショットのでしょ？」

「うん」

パァッと顔を輝かせた活真に、出久は小さい頃の自分を見たようで思わず笑みを深める。

「活真くんもヒーロー目指してるの？」

けれど、その言葉に活真がハッとする。そして悲しそうに顔を曇らせた。

「僕の〝個性〟、ヒーロー向きじゃないし……。それにお姉ちゃんも、危険だって……」

『雄英ヒーロー科のくせに、ダメダメじゃない』

昨日の突っかかってくるような態度を思い出し、出久は真幌の本心がわかったような気がした。

（そうか、真幌ちゃんはヒーローが嫌いだからじゃなく、活真くんのことを心配して……）

ヒーローはカッコいい。危険をいとわずみんなを救けてくれるから。

けれど家族にとっては、ヒーローである前にただの人間で、失いたくない存在。

出久は心配性で泣き虫な母親のことを思い出した。

『……出久……もうやだよ、ケガばっかりして……お母さん、心臓もたないよ……』

母親を心配させても、それでもヒーローを目指しているのは、どんなに目をそらそうとしても自分の心だけは、ごまかせないからだ。

だから、もう誰にも心配かけないくらいの最高のヒーローになると誓った。

出久はしゃがみこんで活真をまっすぐに見て口を開いた。

「ねぇ、活真くん。活真くんは、どんなヒーローになりたいの？」

「……悪い敵をやっつける、強い、ヒーロー……」

その顔にはヒーローへの憧れがありありと浮かんでいる。

「そうなんだ。僕は困ってる人を救けるヒーローになりたいんだ」

「困ってる人を、救ける……」

きょとんとする活真に出久はやさしく噛みくだくように言った。

「うん。活真くんの、敵に勝って人を救けるヒーロー。僕の、人を救けるために敵に勝つヒーロー。順序は違うけど、目指してるものは同じ……最高のヒーローなんだと思う」

その言葉を爆豪は、二階のベランダで背を向け黙って聞いていた。

あの夜、幼い頃から憧れたヒーローがくれた言葉。オールマイトじゃなければ、衝突したあとでなければ決して入ってこなかっただろう言葉を。

「………」

活真は出久からの言葉を噛みしめるように聞いていた。全部は理解できないけれど、とても大切なことを教えてくれていることはわかった。

「だから……お互いに、がんばろう」

立ちあがった出久は活真に手を差し出す。ヒーローが自分を対等に扱い、笑わずに夢を応援してくれている。

「……うん」

嬉しさが体中にじわりと広がるように活真は微笑んで、その手を握った。

「あ、でもなるべく、家族には心配かけない感じで」

思い出したように苦笑しながら言った出久に、活真は「うん!」と元気に返事して手を振りながら笑顔で駆けていった。入れ違いにやってきた鈴村が、走り去る活真をにこにこと見送る。

「活真ちゃん、本当にヒーローが好きなんだねぇ……。はい、これ」

「ありがとうございます、鈴村さん」

収穫したばかりの野菜を出久に渡すと、鈴村は少し心配そうに言った。

「優しくしてあげてね」

どういう意味だろうと思った出久に鈴村が続ける。

「あのコん家ね、母親を早くに亡くして、父親は年中出稼ぎ……姉の真幌ちゃんと二人きりで暮らしてるんだよ。もちろんあたしら近所の者も面倒みてるよ。けど、あの歳で親がいないっては寂しいだろうから」

「…………」

姉弟の家庭の事情を知った出久は遠くなっていく活真を見やる。

ベランダでは、食べ損ねた爆豪のアイスが溶けて落ちた。


その頃、漁港を見下ろす公園で真幌は、ちょっと出かけてくるから待っててと行先も言わず行ってしまった活真を一人待っていた。けれど少し遅すぎる気がして、真幌は心配そうに眉を寄せた。

まさか本当に迷子になっていたらどうしよう……？　それとも一人で海に遊びにいって、波にさらわれてたりしたら……。

嫌な想像だけが膨らみそうになったとき、「お姉ちゃーん！」と活真が駆けてきた。

「どこ行ってたの活真」

ホッとして迎える真幌に活真は言った。

「デク兄ちゃんのとこ」

驚く真幌に活真は立ち止まり、はっきりと告げる。

「昨日のこと謝ってきた」

いつもと違う活真の様子を感じ、真幌は活真の顔を覗きこむ。

「……どうして？」

活真は意を決したように真剣な顔で真幌を見た。

「……僕、お父さん好きだよ。お父さんのようなカッコいい人になりたい。でも……でも……」

一生懸命自分の気持ちを伝えようとしてくる活真に真幌が驚いたそのとき、漁港のほうからドガガッと大きな衝撃音がした。

「きゃあ！　な、なに⁉」

真幌が活真を守ろうと、とっさに抱きしめる。

猛(もう)スピードでやってきたフェリーが防波堤(ぼうはてい)を破壊しつつ漁港に入ってくる。突然のことに漁師(りょうし)たちは唖然(あぜん)とした。

「防波堤が……」

「なんでフェリーがこっちに？」

暴走するフェリーは躊躇することなくさらにスピードをあげて漁港へと向かってくる。

「おいおいおいおいおい！」

「うわぁー！」

「逃げろー！」

逃げだす漁師たちのあとにフェリーが勢いよく突っこみ、大きな音と波を立てながら岸壁に座礁した。

「なに……どういうこと⁉」

真幌と活真が公園から漁港をみやる。ついさっきまでのどかだった漁港を壊した元凶であるフェリーからナインたちが出てきた。

「キメラ、マミー、邪魔をされたくない。陽動を頼む」

ナインにそう言われ、葉巻をくわえながらキメラが問い返す。

「やり方は？」

「好きにしていい」

「承知」

頷くマミー。ナインが「スライス」と声をかけると、「わかってるわ」と答えたのを合図のようにキメラ、マミー、スライスがそれぞれ三方に飛散した。

ナインは振り向くこともなく、まっすぐ島へと上陸していく。

停泊していた漁船の上へと降り立ったスライスは、髪を長い針のようにし、鋭い雨のようにまわりの船に降り注がせる。髪の毛を刃物のように変化させて操る〝個性〟だ。攻撃された漁船や小型ボートが次々と破損していく。

「ヴィ……敵だ……。あれ、きっと敵だ……！」

目の前で起こった信じられない光景に、真幌はあわてて活真を連れて滑り台の陰へと身を隠した。信じられなくても、現実だとわかっていた。動揺する真幌に活真が言う。

「お姉ちゃん、ヒーローに連絡して！」

「でも、あいつらまだ学生……」

「デク兄ちゃんなら助けてくれるよ！　絶対に！」

活真の目には、ヒーローへの揺るぎない信頼が浮かんでいた。

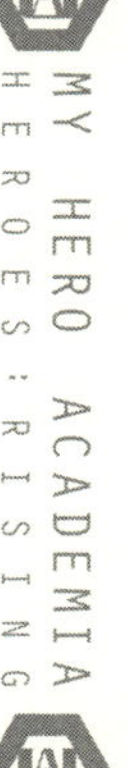

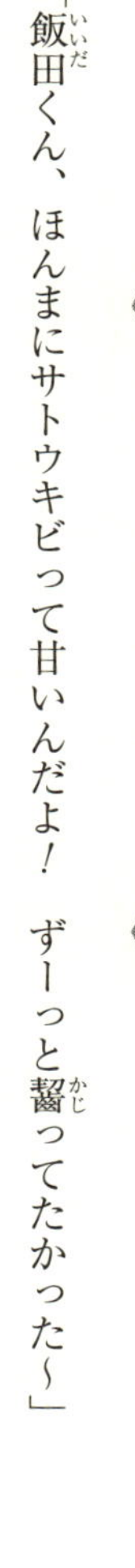

「飯田くん、ほんまにサトウキビって甘いんだよ！　ずーっと齧ってたかった〜」

「委員長くんはまだ齧ってなかったかね。じゃあ明日持ってこよう」

「それには及びません、村長さん！　今度収穫のお手伝いに行ったときにでも齧らせてください！」

　事務所の前で飯田たちが村長たちと立ち話をしているところへ、出久が戻ってくる。

「畑仕事終わりました」

「おかえり、緑谷くん」

「お疲れさま！」

　事務所にいるのは出久を労う飯田とお茶子、それと今日も敵対策で待機している爆豪だけだ。近くの電話が鳴り、爆豪は面倒くさそうに受話器を取る。

「なんだ？　チンケな依頼だったら……」

『敵が漁港に出たの！』

　遮るような子どもの声に、爆豪は思わず身を引き訝しむように顔をしかめた。

「その声……昨日のクソガキだな」

　事務所に入ってきた出久が、爆豪の声に電話の相手が真幌たちだと気づき近づく。

「おまえなァ、そう何度も騙されると……」

『嘘じゃないって！　本当なんだってバクゴー』

威嚇するような爆豪の声を、真幌は再度遮り叫んだ。その受話器から漏れてくる切羽詰まった声に、出久は受話器を奪う。

「もしもし、デクだけど」

「てめ」

『漁港に』

次の瞬間、真幌の声が途切れた。

受話器からは通話が切れたことを知らせる遮断音だけが流れていた。突然のことに立ち尽くしていた出久だったが、真剣な顔で爆豪を見た。

「真幌ちゃんなんて？」

出久は急いで事務所を飛び出す。

(杞憂ならいいけど……とにかく漁港に)

嫌な予感が外れてくれればいいと願いながら、出久は漁港へと駆けだした。


その頃、島の通信基地はキメラによって破壊されていた。力任せに根元を破壊された通信塔がゆっくりと倒れていく。

「通信の遮断、完了。次は……」

キメラは夕日を浴びてキラキラと輝く海を見た。


「本当にありがとうございますぅ」

商店街近くの坂の上にある村役場のロビーで観光客のカップル男女が二人揃って、なくした荷物を探し出した峰田、葉隠、青山たちにお礼を言った。

「よかったね、マーくん」

「そうだね、ミーたん」

いちゃいちゃと繰り広げられる光景に、峰田は妬みと怒りと羨ましさで歯を食いしばる。

(なんだよ、カップルじゃねーかよ、芦戸めぇぇ……)

下心がエネルギーに直結している峰田の苦労と妄想は水の泡となった。

そのとき、外で爆発音がした。

「!? なんだ!?」

あわてて峰田たちが外に出ると、悲鳴をあげながら逃げてくる島民たちがいた。その後方で連続して爆発が起こる。峰田たちに気づくと、島民の一人がうろたえながら言った。

「ヒーロー、ヴィ、敵だ」

「………!」

逃げてくる島民たちの後ろでは、包帯をぐるぐる巻きにした何体ものミイラが、まるで体当たりするように建物を破壊している。ミイラは大小不揃（ふぞろ）いで、体から伸びた包帯で操られているようだった。重力を無視した動きはより異様さをつのらせ、島民のパニックを煽（あお）っている。

「マジで敵（ヴィラン）じゃねーか」

「唐突（とうとつ）すぎるね」

突然の襲来に峰田たちは怖気（おじけ）づく。だがその気持ちをすぐに飲みこんだ。

「な、なんとかしなくちゃ！」

葉隠の言葉に峰田が叫ぶ。

「青山、ヘソビームだ！」

「ネビルレーザーだから」

青山は怖気づきつつも前を向き、お腹（なか）のベルトを突き出すようにポーズを決め、ミイラたちに向かって〝個性〟のネビルレーザーを発射する。距離がある複数の敵（ヴィラン）に対して、ピンポイントで攻撃できる青山のネビルレーザーは強力な効果があった。レーザー照射（しょうしゃ）されたミイラたちが次々に爆発していく。

「ほほう……こんな辺境（へんきょう）にヒーローが三人も……」

それをミイラたちの後方から見ていたマミーが呟く。そして自身に纏っている包帯を勢いよく無数に伸ばした。包帯が周囲にあった車や自販機などにからみつき一気に締めると人型のミイラへと変化する。

「ヒッ！」

「逆に増えてるね☆！」

愕然とする峰田たち。マミーは〝個性〟の「木乃伊化」で瞬時に増えた無数のミイラたちを愛でるように目を細め、ミイラたちを宙から一気に青山たちに向かわせる。青山がネビルレーザーを照射するが避けられてしまう。峰田が必死に投げたもぎもぎでミイラ同士がくっつき、そこを青山がビームで仕留めた。だが、ミイラの数が多すぎる。

「ヒィィィ～!!　葉隠、事務所への連絡は？」

すでに携帯を手に連絡を試みていた葉隠が焦ったように応える。

「電話つながらない。……旗が立ってないよ！」

携帯の画面では電波の状況を示す旗マークが消えていた。

「嘘だろ！」

「これ以上撃ち続けると、僕のお腹が」

すでに通信基地が破壊されていることを知らない峰田がショックを受ける隣で、しょっぱなから全開でレーザーを撃ち続けていた青山が苦しそうに身をよじる。青山のネビルレーザーは発射し続けるとお腹が痛くなってしまうのだ。

峰田と青山の合わせ技でミイラたちに対抗し続けるが、それ以上にミイラが増えていく。

「クソー!! どうすりゃいいんだ!?」

迫りくるピンチに峰田が叫んだその頃、ビーチでも敵からの襲撃に人々が逃げ惑っていた。キメラはのんびりと歩くように進みながら、ところかまわず海の家などを破壊していく。そのあまりにも容赦ない強大な力はまるで生きた戦車だった。

「フロッピー、テンタコル、みんなの避難を最優先に!」

尾白がキメラに向かいながら、梅雨と障子に声をかける。障子は「わかってる」と応えながら、ケガをした子ども三人を抱えて、梅雨とともに人々を誘導した。

「早くここから離れて。ケロ!」

障子から受け取った子どもを梅雨が引きあげ、逃がす。その間に尾白はキメラへと跳躍し、そのまま〝個性〟の尻尾を使って攻撃を繰り出した。

「尾空旋舞」

尻尾を旋回させ威力を増した打撃技だったが、キメラはそれをいともたやすく受け止め弾き返す。なんとか着地した尾白が叫んだ。

「何が目的だ！　なぜこんなことを‼」

「ヒーローにしては若(わけ)ーな」

キメラは問いには答えず、近くにあった大きな瓦礫(がれき)を軽々と持ちあげ尾白へとぶん投げた。尾白はとっさに避けたが、それを狙(ねら)ったようにまた別の瓦礫が尾白の目の前に迫る。避けられない尾白が衝撃を覚悟したそのとき、黒い影が尾白をさらった。

「常闇！」

「遅くなった」

黒影(ダークシャドウ)を纏(まと)いながら飛んできた常闇は尾白を下ろすと、キメラに向かい合う。

「黒影(ダークシャドウ)」

「あいよ！」

黒影(ダークシャドウ)がキメラへと攻撃をしかけようとするが、キメラはかまわずその頭へと重い拳(こぶし)をお見舞いした。衝撃に黒影(ダークシャドウ)が吹き飛ばされる。距離があった常闇でさえ、そのすさまじい風圧に飛ばされた。かろうじて耐(た)えた尾白が再びキメラに向かって駆けだしながら常闇に言う。

「スマホが使えない。事務所に戻って応援を！」

「しかし！」

「ここは俺が持ちこたえてみせる！」

待ち構えるキメラに尾白は攻撃を繰り出した。その覚悟を受け、常闇は後ろ髪をひかれながらも事務所へと飛び立った。


出久が飛び出してから少しして、事務所には依頼を終えた面々が戻ってきていた。出久が心配になり連絡を取ろうとしたお茶子が携帯を見て目をパチリとさせた。

「あれ？　携帯が圏外になっとる！」

その声に、戻って一息ついていた瀬呂や上鳴や耳郎もそれぞれ自分の携帯を見る。

「ホントだ!!」

「俺のも」

「ウチのも」

「どうなってるんだ？」

首をかしげる飯田の近くにいた爆豪の脳裏に、さっきの真幌からの電話のことが思い浮かんだ。

（……まさか……）

爆豪が眉を寄せたそのとき、外からバイクの音がした。すぐあと、島民のせっぱつまっ

た声がする。

「大変だぁー！　ヴィ、敵（ヴィラン）が出た！」

「敵（ヴィラン）が⁉」

駆け寄ってきた砂藤（さとう）たちに、島民が後方を指差す。

「商店街で暴れ回っている！　ヒーローが戦ってくれているけど……！」

急いで飯田たちも出てきたとき、猛スピードで飛んできた常闇が降り立つのももどかしそうに口を開いた。

「報告！　海岸に敵（ヴィラン）が出現！」

「んだと⁉」

爆豪が着地した常闇の前に出る。常闇はみんなに向かってはっきりと伝えた。

「尾白たちが防戦中、応援を請（こ）う！」

「飯田さん」

八百万に声をかけられ、短く思案していた飯田が毅然（きぜん）と顔をあげみんなを見た。

「躊躇している時間はない。ここにいるものを二班に分け、敵（ヴィラン）に対応する！」

そして爆豪たちを見て言う。

「爆豪くん、切島（きりしま）くん、上鳴くんは商店街にいる敵（ヴィラン）を迎撃！」

MY HERO ACADEMIA

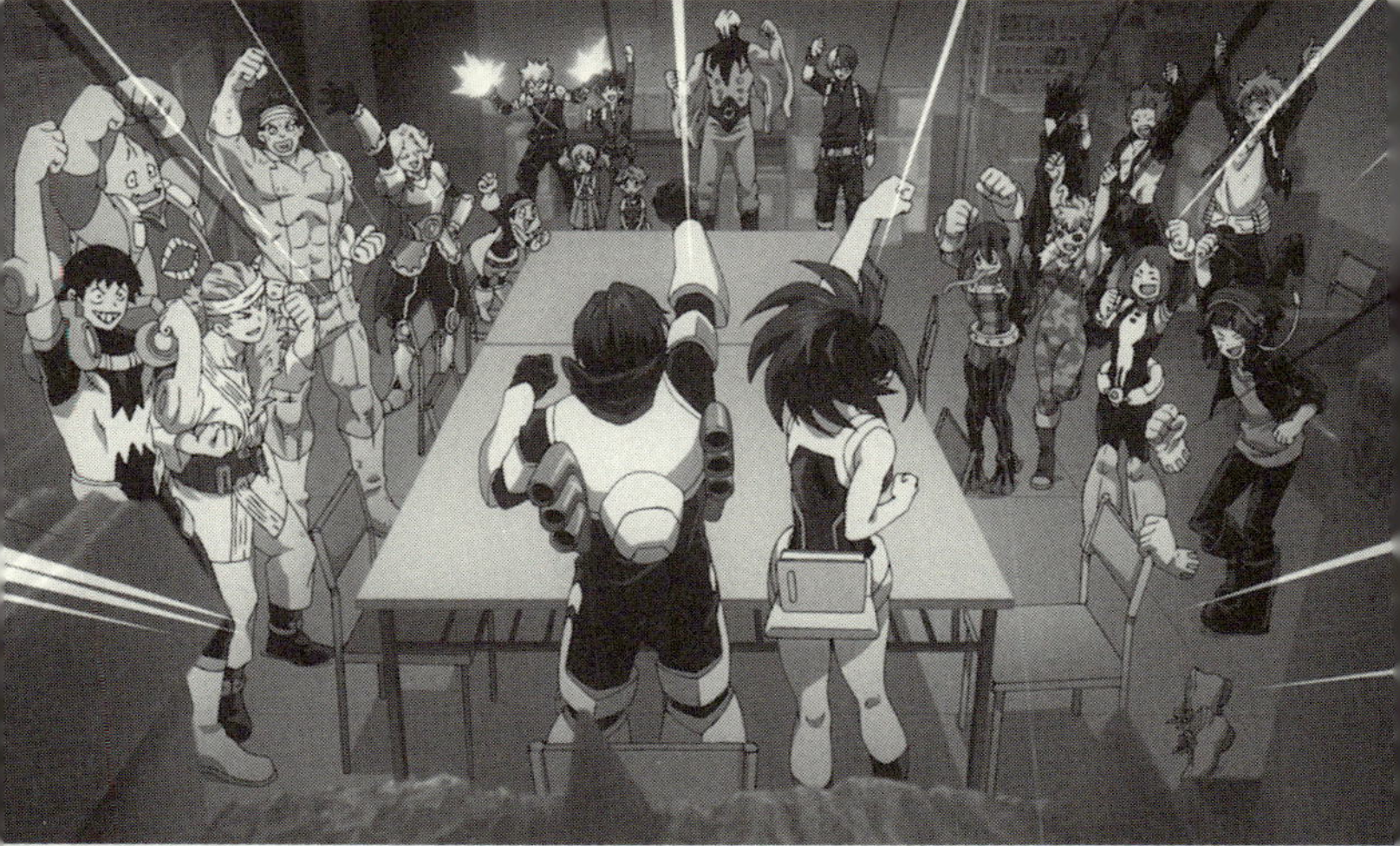

HEROES:RISING

次は八百万たちを見た。

「八百万くんは、耳郎くん、芦戸くんと商店街にいる島民の救助と避難を！」

その次は轟たちを。

「轟くん、砂藤くん、瀬呂くん、常闇くんは俺と一緒に浜辺に！」

そして最後にお茶子たちに。

「麗日くんと口田くんは浜辺にいる人々の救助と避難だ！」

それぞれの顔には非常事態への覚悟が浮かんでいた。それを感じながら、飯田と八百万は冷静をつとめて言う。

「事態は一刻を争う」

「この島にいるヒーローは私たちだけ……。島の皆さんを救えるのも私たちだけですわ」

どんな敵かも、その目的もわからない。けれど全員、ヒーローとしてこの島へやってきたのだ。

「雄英高校ヒーロー科、1年A組！　出動！」

その想いを胸に、全員が事務所を飛び出した。

Part.4

献体

さまざまな動物の特徴を自身の体に発動させる“個性”の持ち主。ナインの仲間。

CHIMERA

「漁港が……！」

その頃、真幌の連絡を受けてやってきた出久は、破壊された漁港を見て目を疑った。活気がありながらものどかだった場所は、どこにもない。

「みんなに伝えなきゃ……!?　圏外!?」

あわてて取り出した携帯の表示に出久は、やはりさっきの真幌の通話が途切れたのはいたずらでも偶然でもないと確信する。人がいないか漁港をザッと見回ったが、誰もいなかった。事故であれば漁港の人たちがなんらかの対応をしているはず。何者かの襲撃を受けたのは間違いなかった。

（敵がこの島に来てる。おそらくみんなも事態に気づいて敵に対処しているはず。なら今は真幌ちゃんの無事を確かめないと……！　真幌ちゃんの自宅は……）

出久の脳裏に、鈴村の言葉が蘇る。

『あたしら近所の者も面倒みてるよ』

（鈴村さん家の近所……！）

　真幌と活真の無事を願いながら、出久はダッと駆けだした。

　迫ってくるミイラたちを相手に峰田たちは必死に応戦していたが、じりじりと村役場の前まで後退させられていた。村役場のなかには、逃げてきた人たちがいる。絶対にここを通すわけにはいかないと三人で踏ん張っていたが、マミーの作るミイラの数は尽きることがなかった。

「も、もう……お腹、限界……」

　腹痛に耐えながらレーザーを発射していた青山が、崩れるように蹲ってしまう。その隣で峰田も、もぎもぎをもぎりすぎて頭から血を流していた。

「オイラの頭皮も限界だぁ……！」

　そこへ巨人ミイラたちが襲いかかってくる。

「峰田くん、青山くん!!」

　葉隠が叫ぶ。すると突然巨人ミイラたちが爆散した。

「ザコに手こずりすぎなんだよ、……このモブども！」

　爆発の煙のなかから現れた爆豪に、峰田と葉隠が嬉しそうな声をあげる。

「爆豪！」

「爆豪くん！」

爆豪の後ろでは、切島が硬化した体で、襲いかかるミイラをフッ飛ばす。

「オラ！　烈怒頼雄斗、参上！」

その近くで、上鳴が〝個性〟の帯電で、看板裏にくっついているポインターとの間に入ってきたミイラに向かい放電する。ポインターへと収束された電撃でミイラを撃退しながら上鳴が言った。

「同じく、チャージズマ参上！」

「二人とも☆」

青山も頼もしい応援に嬉しそうな声をあげた。

「……仲間か……」

マミーが包帯を操りながら忌々しげに呟く。爆豪たちに続いて役場のうしろの道から八百万、耳郎、芦戸がやってきた。

「皆さん！」

「ヤオモモ！　みんな！」

ホッとしたような葉隠。耳郎たちがぐったりと倒れこむ峰田と青山を支える。

「私たちは島民のみなさんの避難と救助を！」

「うん！」

八百万とともに葉隠が村役場に避難した人たちを誘導するために駆けだす。その間に、爆豪たちはミイラを次々と撃退していった。

「徹甲弾（A・Pショット） 機関銃（オートカノン）！」

ガラ空きの爆豪の背後からミイラが襲いかかる。だがそれを察知した切島が飛び蹴りで撃退した。

「オラァ！」

爆豪の背後を守ってミイラたちに殴りかかっていた切島の腕に、マミーの包帯がからみつく。

「しまった！」

引っ張られる切島。だが爆豪が爆破で包帯をちぎった。「すまねえ……」と爆豪を見た切島の顔がハッとする。ちぎれた包帯の先が爆豪に素早く巻きついたのだ。

「ダッ、この……！」

「爆豪！」

包帯に巻きつかれ爆豪が持ちあげられる。なんとか引きはがそうとするが包帯はそれより早く締まっていった。それに気づいた上鳴が放電で救けようと構えるが、その隙にミイ

ラに襲いかかられてしまう。

「くそ！　どわあ!!」

ギリギリでなんとか避けるのが精いっぱいだった。

「……なんなんだこりゃ……！」

マミーが見あげる前で、爆豪の全身に包帯が巻きついていく。

「包帯に巻きつかれたものは拙者の意のままに動く。生物に効果はないが、おまえが身につけている物質……プロテクターや衣服は、拙者の想いのままとなる」

その声とともに爆豪は全身を包帯に完全に巻かれ締めつけられた。唯一覗く目がギロリと光り、ミイラとなった爆豪が切島と上鳴たちに殴りかかる。

「爆豪！」

「おわっ！」

とっさに避けたが、ミイラ爆豪の拳が地面を大きく抉る。その威力に二人は爆豪が操り人形になってしまったことを痛感した。戸惑う切島たちにマミーがほくそ笑む。

「仲間同士で潰し合うがいい」

ビーチでは、キメラに尾白が一人で対抗していた。

「ぐっ！」

キメラからのパンチを腕と尻尾で受け止めようとするが、容赦ない力で弾きとばされる。

砂浜に激しくバウンドして、砂煙があがった。

「がは！」

「尾白ちゃん！」

「オクトブロー!!」

ハッと振り返る梅雨。なんとか食い止めねばと駆けつけた。複製腕からたくさんの腕を生やした障子がキメラに向かっていく。

その姿を見たキメラの顔がピクリと歪んだ。障子が攻撃を繰り出す前に、片手でその顔をガッとつかむ。

「そのなり、おまえ、相当イジメられたクチだろ。……両親を恨まなかったかぁ!?あ!?」

その顔には怒りが浮かんでいた。それは目の前の障子にではなく、遠い昔を見ているようだった。

「う……ぐぐ……」

怒りが込められたキメラの力に障子は呻くことしかできない。頭をつかんだ指が食いこ

み、頭蓋骨を軋ませる。障子はクラス内でも上位に入るパワーの持ち主だったが、キメラの圧倒的な力の前では赤子同然だった。しかしそのとき、後方から流れるような砂煙がキメラに近づいてくる。それは〝個性〟のエンジンを加速させた飯田だった。スピードのあがるまま、キメラの顔面に強烈な蹴りを浴びせる。

「ぐっ……」

「障子くん！」

キメラがさすがに体勢を崩した瞬間、飯田が障子をかっさらう。直後、砂浜を伝う氷結がキメラに這いあがった。氷結の根元には手をかざした轟がいる。

「ここは俺らに任せろ」

「尾白を頼む！」

間髪入れず瀬呂が走りながらテープを放ち、キメラを拘束した。飯田が叫ぶ。

「今だ。常闇くん、砂藤くん！」

上空から砂藤を抱えた常闇がキメラへと急降下する。待機中に糖分を摂取してパワー満タンの砂藤が「シュガーラッシュ！」と雄たけびをあげながら向かっていく。流れるような連携でキメラを行動不能にするつもりだった。だが。

「図に乗るなぁ!!」

キメラが一気にテープと氷結をちぎり、砕いた。

「な⁉」

砂藤は自分に向かってくるパンチをとっさにガードするが、大きくフッ飛ばされ岩礁に直撃する。衝撃で岩礁が崩れた。

「ぐあぁぁぁ!!」

「砂藤くん!!」

飯田たちが砂藤に駆け寄ろうとするが、キメラはそれを許さない。

「おいおい、ガキばっかかとはいえ、ヒーロー増えすぎだろ」

気負うこともなくそう言いながら近づいてくるキメラに、飯田たちは息を飲み身構えた。

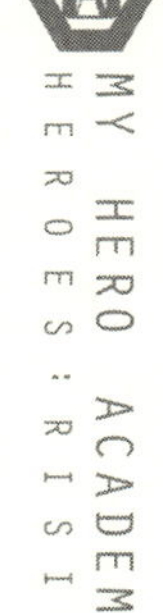

「お姉ちゃん、ヒーローに敵のこと知らせなきゃ!」
「携帯通じないんだから、しょうがないじゃない」
通話が切れてしまってから、真幌は活真を連れて家へと向かっていた。収穫を待つ背の高いサトウキビ畑を過ぎれば、真幌たちの家だ。

活真はヒーロー事務所へ知らせにいくと言い続けていたが、弟の安全を一番に考える真幌にとっては得策には思えなかった。なにより、真幌は島にやってきてまだ間もないヒーローたちをヒーローだとは認めていない。

「一度家に戻って村のみんなに……」

やっと家が見えてきて真幌がホッとした次の瞬間、かすかな閃光が家に向かって放たれ、その直後、家が大きな音を立てながら崩壊した。爆風に真幌と活真が飛ばされ、帽子が舞いあがる。

「うわぁぁ!!」

痛みと驚きに起きあがった二人は、一瞬にしてなくなってしまった我が家を見て呆然とした。

「…………家が……」

何が起こったのかわからずにいる真幌たちの前に、煙のなかからナインが現れる。

「見つけたぞ。B型の細胞活性……」

ナインの目は二人の〝個性〟をサーチしていた。おびえる二人にナインの目は活真を捉える。

「少年、君の〝個性〟を奪う」

「⁉」

ナインの言葉に、真幌は恐怖しながらもバッと活真の前に出る。

「安心しろ。殺しはしない」

「こ、来ないで！」

ゆっくりと近づいてくるナインに、真幌は手から幻獣(げんじゅう)を出す。

「く……く……来るなったら！」

「幻(まぼろし)なのはわかっている」

ナインに噛(か)みつこうとする幻獣は、突如(とつじょ)吹いた風に消えてしまう。愕然(がくぜん)とする真幌。

「お、お姉ちゃん」

真幌はナインが近づいてくるたびにおびえる活真をなんとか守ろうと、ギュッと抱きしめる。一瞬で家を壊してしまうような敵(ヴィラン)相手に、むなしい抵抗なのはわかっていたが、そうすることしかできなかった。

「…………！」

ナインの足音がすぐ近くまで迫り、真幌がもうダメだと絶望したそのとき、二人の体がふわりと浮いた。二人がハッと目を見開く。

「デク！」

「デク兄ちゃん！」

ナインの目の前で二人をかっさらったのは出久だった。跳躍し、近くの森のなかへと逃げこむ。

（超パワーの〝個性〟の……）

出久の〝個性〟を確認後、ナインは飛んでいった方向を見やり、そのあとを追った。

「大丈夫？　走れるかい？」

森のなかへと着地した出久は膝をつき、真幌と活真を下ろし尋ねる。ホッとした顔で「うん」と答える二人に、出久は言った。

「早くここから離れて」

「うん」

真幌が活真の手をとり駆けだす。出久はそれを見送ってすぐそこまでやってきているだろう敵に立ち向かうべく立ちあがり振り返った。そして現れたナインに「止まれ」と声をかけるが、ナインはまっすぐ活真たちの走り去ったほうへと歩を進める。出久はナインに向かって身構えた。

「なぜあのコたちを狙う⁉」

「――退け」

「退くわけないだろ」

「――邪魔をするなら殺す」

そう言いながらナインが腕をあげると指先の爪が怪しく光った。出久は先手を打つべく駆けだし、ナインに蹴りを繰り出す。だがそれはナインに当たる前に、透明な固い何かに阻まれ、出久は体ごと弾き返された。

「見えない壁!? 空気の壁か?」

戸惑う出久にナインは掲げた腕の先から銃弾のように爪を発射する。

「ぐっ!?」

木を盾に爪弾を避けながら、出久は今見たばかりの光景に眉をひそめた。

(爪を発射した? まったく関連性のない、ふたつの〝個性〟……。――それって、まるで……オール・フォー・ワン……)

思い浮かべるだけで悪意が染みこんでくるような、強大すぎた敵。他人の〝個性〟を奪い自分のものにもできるだけでなく、奪った〝個性〟を他人に与えることができた。

それに似た〝個性〟が偶然に、なんてあるだろうか?

出久はざわざわと体のなかに広がってくるような胸騒ぎに、息をこらした。

その頃、村役場近くではミイラと化した爆豪が切島と上鳴に襲いかかっていた。爆豪の容赦ない攻撃に、二人は避けるので精いっぱいだ。それに、爆豪はただ操られているだけなのでヘタな反撃もできない。

「やめろ、爆豪！」

切島の声も聞こえていないように爆豪は二人をどんどん追い詰めていく。

「完全に操られてる……。どうするよ、切島」

「どうするって……」

そのとき、困惑する二人の隙をつきマミーが切島たちに包帯を巻きつける。

「しまった！」

「くそ！」

「選べ。このまま拙者の傀儡となるか……仲間に倒されるか……」

どちらかなど選べるわけもなく、切島と上鳴が唇を嚙みしめたそのとき、包帯のなかから怒りくるった声がした。

「ふ・ざ・け・ろ……！」

直後、ミイラと化した爆豪の右側が膨らみ爆発する。爆豪を繫いでいた包帯が焼き切れた。

「うわぁ！」

爆風に切島たちやミイラたちも吹き飛ばされる。

「！　……なに……⁉」

爆風に必死に耐えながらマミーが見たのは、炎と煙から生まれたような爆豪の姿だった。

その目に宿るのは、自分をいいように操った敵(ヴィラン)への憤怒(ふんぬ)。

「――ナメんじゃねえ、このミイラ野郎……！」

マミーは爆豪の腕の爆傷(ばくしょう)に気づく。爆豪は右腕の籠手(こて)を自(みずか)ら爆破(ばくは)してまでも拘束(こうそく)を解(と)いたのだ。

（自(みずか)らをも犠牲(ぎせい)にして……）

爆豪を手強(てごわ)い相手だと認識したマミーが包帯を大きく振りかぶる。現れたミイラたちが爆豪にいっせいに襲いかかった。近寄ってくるミイラたちを爆破(ばくは)で蹴散らしながら爆豪は前方のマミーに向かい爆破(ばくは)を放つ。距離を取るべく後退(こうたい)したマミーに、さらに爆破(ばくは)で距離を瞬時に詰めるが、向かってくる爆豪にマミーは背中の刀(かたな)を抜き、鋭く振り下ろした。だが爆豪は寸前で急旋回(きゅうせんかい)して回りこみ、さらに二回爆破(ばくは)で軌道(きどう)を変えマミーの隙をつき顔面をつかんで、近くの校舎の壁に激突させる。

「たっぷり溜(た)めておいたぜ。爆線(ばくせん)マックスだ」

そして爆破の元になる汗をためた右手の籠手のピンにゆっくりといたぶるように指をかけ、引き抜きながら叫んだ。

「死ねぇぇ!!」

大爆発に壁が吹っ飛ぶ。炎で包帯が焼け落ちたミイラたちは、元の自販機や車などに戻った。炎はすぐに鎮火し、マミーは気絶して倒れている。その姿を見下ろす爆豪に切島と上鳴が駆け寄った。

「おお、さすが爆豪!」

「建物への被害も最小限かよ……」

校舎は無傷で、被害といえばところどころ抉れた校庭ぐらいだった。そこへ八百万と耳郎が応援に駆けつけてくる。

「みなさん!」

「敵は!?」

小さく肩で息をしている爆豪が、ケガをした腕を見せないように耳郎たちに応える。

「あ!? 軽くひねった」

「島の人たちは?」

「全員西地区に避難させましたわ」

切島から訊かれ八百万が頷きながらそう言ったとき、爆豪が速攻で飛び出していく。

「どこ行くの、爆豪!?」

「救助は任せた」

驚く耳郎にそう答え、爆豪はさらに爆破し加速する。敵が一人ではないのなら、やることは決まっていた。

「残りの敵をブッ潰す！」


一方、ビーチでは飯田たちがキメラ相手に苦戦していた。

轟が氷結を放つが、キメラは拳で砕き返し、ただの時間稼ぎにしかならない。しかも一撃一撃が重い衝撃波を伴うため、直接当たらなくてもダメージを受け、容易に近づくこともできなかった。轟がその衝撃波に思わず下がり、気配にハッと上を見る。キメラが上から轟に襲いかかろうとしていた。

「くっ……!?」

だが瀬呂のテープが寸前で轟を救出する。着地し、すぐにキメラに身構えた轟は顔をしかめた。

「クソ、パワーでねじ伏せてきやがる」

「飯田、打つ手は」

瀬呂の言葉に飯田は警戒しながらも冷静に言う。

「今はヤツを釘づけにすることだけを考えるんだ。島民の避難が完了するまで」

飯田たちとともにやってきたお茶子（ちゃこ）たちも急いで避難誘導しているが、まだビーチにはケガをした人たちが残っていた。島民を優先しつつも、お茶子が満身創痍（まんしんそうい）の尾白と砂藤を回収するために宙に浮かし、それを梅雨が舌で引っ張っていく。

それを守るように立ち向かう飯田たちにキメラが一気に詰め寄ってきた。黒影（ダークシャドウ）と一体化した常闇が死角（しかく）を狙い回りこんで腕を伸ばす。

「深淵暗駆（ブラックアンク）」

それと同時に飯田が近くの大きな岩礁を勢いよく蹴り飛ばした。

「レシプロバースト！」

砕け散る岩の欠片（かけら）が散弾（さんだん）のようにキメラへと放たれた。別方向からの同時攻撃にもキメラは動揺することもなくただ足を大きくその場へ振り下ろす。砂煙とともに衝撃波が常闇や飯田たちを襲った。黒影（ダークシャドウ）の腕と岩礁の欠片は簡単に弾き飛ばされる。

「歯ごたえねーなー。ヒーロー！」

小バカにしたようなキメラに轟が炎熱（えんねつ）を向ける。しかしキメラはそれ以上の炎を口から吐き出し、轟の炎を飲みこんだ。

「なっ⁉」

驚愕する轟だったが、迫る炎を防ぐべく氷壁を出す。だがキメラの炎は氷を飲みこむように勢いを増し、焼けつくような熱風が浜辺に充満する。まだ避難できていない人々から悲鳴があがった。障子と口田が大きな体で精いっぱい親子や子どもたちをかばう。

「…………！」

キメラの規格外の強さに轟たちが絶句するなか、飯田はわずかに後ろを振り返った。そこには恐怖に支配されている島民たちがまだ残っている。

（このままでは……）

絶対に退くわけにはわけにはいかない。けれど、打開策は見当たらない。

飯田は窮地にマスクの下で顔を歪めた。

「デラウェアスマッシュ　エアフォース！」

森の中では出久がデコピンするように指を弾き、空気砲をナインに向かって連発していた。だがナインの空気の壁に弾かれてしまう。四散した空気砲が後方に流れ、木々をかすめる。それでも真幌たちが逃げる時間を稼ごうと出久は木々の間を移動しながら攻撃を続

けた。

「空気の礫(つぶて)を……」

（おもしろい使い方をする）

ナインがマスクのなかでわずかに笑(え)む。その間も出久は攻撃の手を緩(ゆる)めない。

（ヤツを活真くんたちに近づけさせるな。このまま牽制(けんせい)を続けて……）

しかしそのとき、出久の足元を意思をもったような突風がすくいあげた。

「うわあっっ！」

バランスを崩した瞬間を狙ったようにナインの爪弾(そうだん)が連射される。空中で身をひねりながら避けるが、頬(ほお)を掠(かす)め血がにじんだ。

「くっ！」

出久はなんとか着地しながらナインに身構える。

（いまの突風も〝個性〟？　いったいいくつ持っているんだ？　相手が未知数なら、出方を窺(うかが)うより先手を打つ）

受け継がれた超パワーを行き渡らせ、全身を強化させた。

「ワン・フォー・オール、フルカウル20パーセント！」

出久のその様子(ようす)をサーチしていたナインの目が驚愕(きょうがく)に見開かれる。

（……パワーがあがった……！）

出久は速攻でナインに向かい、今の最大のパワーでの渾身の蹴りを繰り出す。

「セントルイス……スマーッシュ!!」

衝撃波に木々がしなり、葉が舞いあがる。

けれど蹴りはまた空気の壁に阻まれた。

（20パーセントが……通じない!?）

「この力……この〝個性〟……奪う価値がある」

ナインは空気の壁を消し、急に足場を失いバランスを崩した出久の頭を、興味がひかれるままつかむ。

ナインの目が怪しく光ると、出久は頭の中に何かが侵入してくるような異常な感覚に思わず絶叫した。

「うわあああっっ！」

叫びながらも、出久は必死に考えを巡らす。

（う、奪う……奪うと言った……やはりオール・フォー・ワンと同じ〝個性〟……！　ワン・フォー・オールが奪われる……！）

なんとか逃れなければともがく姿を見ながら、ナインは目を細めた。

また素晴らしい〝個性〟が手に入る。自分たちの望みにまた一歩近づくことができるのだ。

すぐに流れこんでくるであろう目の前の少年の〝個性〟の感覚を認識したその直後、ナインは脳が暴走するような感覚に襲われ、まるで弾かれるように二人は離れた。ナインは、自分の手をみつめる。

(奪えない。いや《空きストック》に納まりきらない……。こいつ……潜在的に……〝個性〟を複数持っている……⁉)

ナインのみつめる先で、出久はなんとか立ちあがろうとする。だが、くるわされた感覚のせいで思うように動けなかった。

(体動け！　動け動け……！)

ナインは、出久を見下ろす。

(この存在は脅威となる。ならば……排除するまで)

今の自分と似た複数の〝個性〟を持つであろう少年。奪えないなら、消すほかはない。

ナインは動けずにいる出久に片手を向ける。見えない空気の壁が出久を土手へと激突させる。衝撃で土煙があがった。

「つ……ぐ……」

（空気の壁に押された……？）

朦朧とする頭で出久がそう思ったとき、小さな声がした。

「デク……兄ちゃん……？」

「デク」

ハッとした出久が見たのは、土手の上に逃げていた活真と真幌だった。出久の異変に気づくと二人は名前を呼びながらあわてて斜面を降りてくる。

「に、逃げて……！」

「でも」

「いいから早く……！」

心配してさらに近づいてきた真幌に、激痛に耐えながら出久は必死で体を起こし叫ぶ。

ナインがゆっくりと近づいてきていた。

太陽が名残惜しそうに沈んでいくにつれて、森には待ち構えていたように夜の気配が満ちていく。

暗闇は希望を奪う色をしている。

出久は二人をかばうようにナインに向かい合った。

「ヤツが狙ってるのは君た――」

次の瞬間、ナインから放たれた二つの爪弾が出久の体を貫いた。驚く真幌と活真の前で出久が倒れかかる。

「デク兄ちゃん!!」

活真の叫びに出久は倒れる直前で足を踏み出し、膝をつきながらもなんとか耐え、言った。

「は、早く……行くんだ……!」

そんな状態でも真幌と活真を守ろうと、ナインに身構える出久。貫かれた個所からどんどんと血が広がって緑色のスーツを侵食していく。減っていく命が見えるようで、二人はなすすべなくただ恐怖にのまれる。ナインの指先がとどめを刺そうと出久に向けられた。

「イヤ……イヤ……!　イヤ〜〜!!」

おびえることしかできなかった真幌が、涙を振りきり決死の思いで巨大な幻を出す。


「!?　……なんだあれは?」

ビーチから避難誘導中の障子たちが異変に気づく。

「……デク…くん……?」

島の奥のほうから浮かびあがったのは、まるでぬいぐるみのようにデフォルメされた顔から血を流している巨大な出久の幻だった。

「誰かデクを……デクを守ってーっ!!」

　真幌が声の限りに叫ぶ。そのすぐあと、すごいスピードでやってきた何かがナインに向かって爆破をお見舞いする。

「爆発の〝個性〟……」

　空気の壁で防いだナインが不敵なヒーローを見据えた。

「みつけたぜ、クソ敵！」

「……かっちゃん……」

　それは爆豪だった。頼もしい幼馴染の姿を見た出久がホッとする。

「あの人……」

「バクゴー!?」

　突然の登場に驚いている活真と真幌に、爆豪は威圧するような笑顔で言った。

「ガキども！　よく見とけ。ナンバー1ヒーローになる男の……強さをなあ！」

　そう言いながら爆豪は爆破で突っこんでいく。ナインは空気の壁で防ぐが、爆豪は爆破で急上昇し壁を越え構える。

「もらった！」

しかし爆破をお見舞いする前にナインの爪弾が連射で爆豪を狙う。

「なっ!!」

とっさに爆破で避け続けるが、頬を掠めた爪弾にバランスを崩す。ナインはその隙を逃さず手をかざし、増大した空気の壁で衝撃波のように一気に爆豪に襲いかかる。弾かれた爆豪が地面へと叩きつけられた。

「かっちゃん、ぐっうう……」

近くに落ちた爆豪を見て、出久がなんとか立ちあがろうとするが、激痛に蹲ってしまう。

爆豪が痛みに顔を歪めながら吐き捨てた。

「く、クソが……！」

「かっちゃん、相手は〝個性〟の複数持ちだ……〝個性〟も奪う……」

「チッ、オール・フォー・ワンもどきか……なら、なおさらブッ潰さねーとなァ……！」

爆豪もなんとか立ちあがり、爆破でナインに向かう。再び向かってくる爪弾連射を持ち前の反射神経でジグザクに避けて距離を詰めていく。

「一度見せたもんが」

空気の壁を急転回して背後を取り、ナインが衝撃波を出そうとした手を蹴り飛ばしながら爆豪が言った。

「この俺に通用するか！」

回転しながら懐に入ろうする爆豪。だがナインの背中から現れた、見たこともない巨大な生物が爆豪を下から突きあげた。それはナインの〝個性〟の使い魔で、目も手足もなく、尖った青い背骨が連なっている。大きく裂けたどう猛そうな口が、どこか古代の鮫を思わせる。

「が！」

ナインが拳を握ると、使い魔が爆豪をくわえたまま地面へと激突させる。

「ぐ、ぐぐぐ……が…あああ～……」

（アバラァ……持ってかれた……）

爆豪は押さえつけられながら異常を訴えてくる痛みに呻く。満身創痍の爆豪を見て、出久は力を振り絞った。爆豪は視界の端で出久が立ちあがろうとするのを確認する。

「く…くく……」

（動け……！　動け……!!）

ナインが激痛に苦しむ爆豪を冷たく見据えて言う。

「よく鳴く犬だ」

「!! ……そりゃてめェだ……」

爆豪が痛みに耐えながら起こした大爆破に使い魔もろとも巻きこまれ、爆風に耐えるナイン。そのとき爆豪が叫んだ。

「クソデク!!」

ハッと見あげたナインの頭上の爆煙の奥で、全身強化した出久が拳を振りあげている。

「デトロイトォ……スマー」

出久の拳が振り下ろされる前に〝個性〟をサーチしたナインが驚異的なパワーに目を見開き、両手を振り下ろした。直後、いつのまにか頭上に忍び寄っていた雷雲から巨大な雷が出久と爆豪を貫いた。

「ぐあああ!!」

膨大な電気の奔流が電線を伝い、電柱の変圧器をショートさせていく。それに従い、島の電気が次々と消えていった。

電気を奪われた島に、暗闇が訪れる。広い海に浮かぶ離島は完全に外界と遮断されてしまった。

「さて」

雷避けに張っていた空気の壁を消し、ナインが活真たちを振り返る。真幌はおびえつつ活真をかばった。しかしナインの足が止まる。不思議そうに下を見ると、出久と爆豪が残ったわずかな力で足をつかんでいた。

「……い……行かせ……ない……」

「ま、まだ勝負は……終わって……」

必死に追いすがる二人の姿に活真と真幌は思わず立ちあがった。

「――デク兄ちゃん……！」

「……バクゴー……！」

「本当にヒーローというものは……」

ナインはあきれたように空気の衝撃波で二人を吹き飛ばす。そして活真に向かって歩きだそうとした瞬間、ナインの体に衝撃が走った。

「うっ！　ううぐぐぐ……」

出久は意識を失いそうな激痛のなか、ナインの様子に気づく。

（く、苦しんでる？　どうして……）

「ナイン!!」

そこへスライスが現れ、うずくまるナインに駆け寄った。

「しっかりしてナイン」

「しょ、少年を……」

「わかったわ」

スライスはナインが指差した活真に向かう。髪を刃に変化させて迫るスライスに活真と真幌は恐怖で震える。

「……おとなしくなさ……なっ！」

けれどそのとき、群れをなしたカラスがスライスとナインを覆った。その隙に木々の陰に身を潜めていた障子が飛び出し、活真と真幌を抱え走りだす。驚く活真たちに障子が言った。

「安心しろ、味方だ」

「今のうちに！」

口田がカラスでナインたちを妨害しているうちに、お茶子が出久と爆豪にタッチし、梅雨が舌を巻きつけ駆けだす。

充分に距離が空いたところで役目を終えたカラスたちが去っていった。

「追え！　あの少年をなんとしても……！」

苦しみながらそう言ったナインをかばいながら、スライスは引きぎわと判断する。

「ナイン、彼らはこの島を出られない。今は、体を癒すべきよ」

そして上空に向かって信号弾を撃った。

ビーチでその信号弾を見たキメラは、そのとたん「ここまでか……」と攻撃をやめた。

「フッ……命拾いしたなぁ、ガキども」

決死の思いで応戦していた轟たちを鼻で笑って、キメラは去っていく。突然のことに呆然とする面々。

「に、逃げた……？」

瀬呂の言葉に常闇が思案しながら言った。

「見逃してもらったと言ったほうが正解か」

「くそっ」とキメラを追いかけようとする轟を飯田が止める。

「行くな、罠かもしれない。これだけの人数でも仕留められなかった相手、単独行動は危険だ」

「だが……！」

なおも追いかけようとする悔しそうな轟に飯田は冷静に告げる。

「今は島民の安否の確認。それもヒーローの務めだ」

一番の優先事項を思い出し、轟が冷静さを取り戻す。

いつのまにか太陽は海のかなたに沈み、纏わりつくような夜がやってきていた。

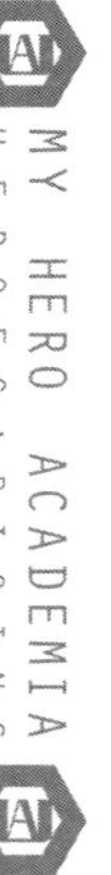

島の中心部は半壊状態で、いたるところに火の手があがっていたが、夜の訪れとともに降りだした雨が火災の広がりを防いでくれたのは不幸中の幸いだった。

島民たちは島で一番広く大きいサトウキビ製糖工場に避難していた。その電気室では、上鳴が発電機のコードを自分に繋ぎ放電し続けている。そのおかげで工場には最低限の明かりが灯っていた。

そんな上鳴を心配そうに見ていた耳郎の視線が、近くで同様に必要最低限の生活必需品や防災グッズを出し続けている八百万に移る。

「二人とも〝個性〟使いすぎだって……」

「いつ敵が来るかわかりません」

敵の襲撃に備えて防災グッズを腕から出しながら、背中から蓄電機を出す八百万。上鳴は放電を続けながら顔をあげ力強くサムズアップしてみせる。

「ここで無理しなくていつするんだウェイ」

「ウェイウェイしてきたじゃん」

ますます心配そうな顔になる耳郎。けれどこんなときだからこそ、上鳴と八百万の〝個性〟は非常に貴重なものだった。二人とも、それがわかっているからこそ無理をしてでも続けている。

広い作業場では、島民たちへの炊き出しが行われていた。温かいお味噌汁とおにぎりだけだったが、突然の敵襲来で疲労困憊の島民たちの空腹をやさしく癒した。年中暖かい那歩島でも、さすがに冬の夜は少しの肌寒さを感じる。温かい食べ物は、体と心に染みた。

「どうぞ」

「ありがとう」

「熱いから気をつけて」

治療を終えた尾白と切島がお味噌汁を渡し、青山と葉隠がおにぎりを配る。

「一人一個ずつだよ☆」

「みんなの分あるからね」

飯田は島民を見渡す。温かい食事でホッとするのは一瞬で、その顔に浮かぶのは不安だった。平和が日常だった島民にとってはよけいにショックな出来事だっただろう。

そんな飯田に村長もおにぎりを運びながら声をかける。

「敵(ヴィラン)は、どうなったかの？」

「安心してください。みなさんは我々が必ずお守りします」

村長の目にも潜む不安を少しでも減らそうと、飯田は力強い笑顔を浮かべてみせた。

台所では、有志の島民とともに砂藤、梅雨、芦戸、口田が炊き出しを作っていた。およそ千人の島民たち全員に行き渡るようにしなければならない。瀬呂がたくさんの野菜を段ボール箱で運びこんでくるのを見ながら梅雨が言った。

「食材が豊富な島でよかったわ」

「捕まえた敵(ヴィラン)、どうしたの？」

野菜を切りながら、思い出したように訊く芦戸に瀬呂が答える。

「ああ、地下のボイラー室に閉(と)じこめたってよ。いくら尋問してもなにも言わないらしいぜ」

ボイラー室で頑丈(がんじょう)に拘束(こうそく)されているマミーを監視するために、八百万が創(つく)った防犯カメラとセンサーが取りつけられていた。

「轟くん、デクくんたちの容態(ようたい)は？」

お茶子がやってきたのは従業員の休憩などに使われていた和室だった。ケガの治療などもしているが、重傷の島民たちとともに出久と爆豪も寝かされている。二人は島の医者に手当されていた。轟と障子は介抱を手伝っている。

「まだ意識が戻らない」

そっと入ってきたお茶子に氷枕を作っていた轟が答える。視線の先には苦しそうな顔の出久たちがいる。タオルを絞っていた手をふと止め、障子が憂慮するように言った。

「診療所の先生が処置してくれているが……」

「お疲れさまです」

休憩する暇もない先生たちのおにぎりを持って声をかけたお茶子に、医者とその助手が申し訳なさそうな顔で答える。

「すまんな。わしらの〝個性〟でできるのは、傷口を塞ぐことくらいじゃ……。骨折はどうにもならん」

「これ以上は本島の病院じゃないと……」

そうするのが一番だとわかってはいても、今の状況ではできない。時間が経てば経つほど取り返しのつかない状況になってしまうかもしれない。轟と障子も意識が戻らないままの二人に近づく。深刻なこの状況に、心配することだけしかできないのが、ひどくもどかしかった。しかしそのとき、部屋の外から声がした。

「僕に手伝わせて」

「活真くん？」

そこには活真と真幌がやってきていた。驚くお茶子たちに真幌が言う。

「活真の〝個性〟は細胞の活性化らしいの。傷を治せるかどうか、わからないけど……」

「デク兄ちゃんたちは僕らを守ってケガしたんだ。だから……」

思わず前に出た活真の顔には強い意志が浮かんでいた。ありがたい申し出にお茶子たちの顔に感謝の笑みが浮かぶ。

「こっちからも頼むよ、カツ坊」

「うん！」

医者から促され、活真は出久と爆豪の元に駆け寄る。そして二人の腕にそっと触れた。

（……救けなきゃ……ううん、救けるんだ……！）

自分を救けてくれたヒーローを。活真の手が光り、〝個性〟が発動した。

MY HERO ACADEMIA
HEROES:RISING

その頃、ナインとスライスは集合場所にしていた灯台にいた。体調の崩れたナインを、灯台の中に積まれていた木箱で作った簡易ベッドに寝かせたスライスは、彼を見守りながら計画どおりにいかない苛立ちに髪を乱雑に弄る。

そのときドアが合図のようにノックされ、キメラが入ってきた。

「ナインの様子は？」

「大丈夫。数時間もすれば起きあがれるはず……マミーは？」

入ってきたのがキメラ一人だと気づいたスライスに、キメラは訝しむ。

「いねえのか？　……まさか、ヒーローに……」

「そんな……」

仲間が捕まったのかもしれない可能性に、スライスが思わず立ちあがる。その顔には怒りが浮かんでいた。それはキメラも同様だったが、視線は昏睡状態のナインに向けられる。マスクから覗く寝顔が、枕もとのろうそくの淡い灯りに照らされている。冷徹に目的を遂行しようとする男とは思えぬほど穏やかに閉じられたまぶたは、どこかそのまま消えてしまいそうにも見えた。

「だとしても計画は進める。必ず……必ずだ……」

決意をにじませるキメラの脳裏に、ナインと出会った夜が蘇っていた。

物心ついたときからすでに暗闇のなかにいた。

人と大きく外れた〝個性〟を持つキメラは、ただそれだけで差別というにはぬるいほどの扱いを受け続けた。

人は、無意識に人を選別し、自分より下だと認識した者を当然のように虐げる。そこに罪悪感はない。ぞんざいに扱うべき存在だからだ。

なぜなら醜いから。なぜなら不愉快だから。なぜならまるで敵のようだから。

ただそれだけで、人としての尊厳を勝手に取りあげる。

環境は人を変える。ひどい扱いを受け、人の道から外れたとしても環境を作った人間は責任を取らない。一人の罪のなかった人間を敵に変えてしまったとしても。

そういう環境にあった人間がすべて敵に変わるわけではない。

けれど、変わらずにいられなかった人間もいる。

キメラもそんな人間の一人だった。ナインと出会ったのは、自暴自棄になって犯罪を繰り返し、とうとうヒーローと警察に追い詰められた夜だった。

突然の落雷がヒーローたちを襲い、唖然とするキメラが見たのはガレキの上に立つ男だった。その周囲を従えるような気配に、キメラは今の雷が男の仕業だと肌で感じる。

「なぜ、俺を救ける……？」

恐怖に似たような高揚(こうよう)を感じながらそう問いかけると、強い風に髪をなびかせながらナインは静かな声色(こわいろ)ではっきりと言った。

「私とともに来い。おまえを化け物と罵(ののし)り、敵(ヴィラン)などと呼称する社会を破壊する……。力だけが支配する世界を……作るのだ……」

その神々(こうごう)しい姿に、キメラは息を飲む。その言葉はキメラにとって初めての希望だった。あるいは救い。たとえ、利用されてもかまわないと思えるほどの。

そしてキメラと同じようにナインから声をかけられたスライスとマミーも志(こころざし)をともにすることになった。

理想を現実にするために、ナインはさらなる高みを目指(めざ)した。

「敵(ヴィラン)連合に加わるだと⁉」

「厳密にいうと、連合の〝個性〟強化実験の献体(けんたい)になる」

ナインからの報告にキメラたちは驚きを隠せない。マミーが言った。

「ヤツらを利用する気か……」

「危険すぎるわ……」

スライスが身を乗り出し、心配そうに訴える。

成功すれば目標に手が届く。けれど失敗すればなにもかも失う。

そのときナインが激しく咳(せ)きこんだ。思わず口元を押さえた手には赤い血がついていた。

ナインは知っていた。キメラたちはその血を見て気づく。

このままではいずれなにもかもを失うことを。

「……我々には……さらなる力が必要なのだ」

ナインの声は悲壮(ひそう)な覚悟の響きを持っていた。


キメラは目覚めないナインをじっとみつめた。

(俺らはおまえに賭(か)けたんだ。くたばるんじゃねえぞ……)

ナインを失えば、自分たちには何も残らない。ただの落ちぶれた敵(ヴイラン)に戻ってしまう。


〝個性〟強化実験は敵(ヴイラン)連合、正確にはオール・フォー・ワンの旧友で協力者、ドクターの独自実験だった。そしてその実験は広く乱雑な薄暗い研究所の奥にある一室で行われた。

「オール・フォー・ワンの〝個性〟因子(いんし)と適合に成功……君は八つの〝個性〟を奪え、九つの〝個性〟を使うことができる存在となった」

感動で興奮するドクターが培養(ばいよう)カプセルのなかのナインに話しかける。

そしてカプセルごとナインを荼毘(だび)たちが運ぶ途中で敵(ヴイラン)連合とヒーローたちの衝突の隙

をつき、逃げ出すことができたのだ。

合流したナインは自分の帰りを待っていたキメラたちに言った。

「実験は成功した」

「……これで俺たちの計画が……」

ナインの言葉を聞いたキメラに深い噛みしめるような喜びが広がる。それはスライスとマミーも同様だった。けれど、そんな仲間たちにナインは静かに告げた。

「だが、副作用も悪化した」

その言葉にキメラたちの顔が一変する。

「〝個性〟を多用すると……体の細胞組織が死滅していく」

「そんな……」

思わず踏み出したスライスの足が止まる。マミーが悔しそうに目を閉じる近くで、キメラが悔しさを抑えきれず声を張りあげた。

「それじゃあ手術した意味ねーじゃねーか！」

嘆きを含んだ激情は夜の山に飲みこまれる。ナインは降る雪のように静かに続けた。

「細胞を活性化させる〝個性〟を奪う」

その声にはまだ希望が残っていた。無慈悲な希望が。ナインは街明かりを振り返る。

「そして……我々が望む世界を……」

「…………」

灯台の中でナインがゆっくりと目を覚ました。

キメラたちの顔に希望が蘇る。

時に、誰かにとっての希望は他の誰かの絶望でもある。

MY HERO ACADEMIA
HEROES:RISING

夜も深くなり、避難先の製糖工場では島民が疲れと不安のなかで浅い眠りについていた。大人たちの緊張が伝わるのか、ぐずりだす赤ちゃんや、咳きこむ老人たちの間を島の医者が不眠不休で静かに診察して回っている。
和室では、活真があれからずっと目覚めない出久と爆豪を治療し続けていた。真幌はその活真につき添っている。
「活真、少し寝ないと……」
ふだんならもう寝ている時間だ。それに活真がこんなに〝個性〟を使うのは初めてのこと。疲労は想像以上だろうと心配する真幌に活真は首を横に振る。

「ううん、まだやる」

「でも」

「やるんだ」

弟の強い意志に真幌はそれ以上なにも言えなくなってしまった。

活真は疲れていたが、絶対にやめるつもりはなかった。

森のなかで、ボロボロになりながらも自分たちに敵を近づけさせまいとナインの足にしがみついた出久と爆豪の姿が胸に焼きついている。

(あきらめるもんか)

救けたい。その一心で活真は〝個性〟を放出し続ける。

命を救けてもらった。そしてそれ以上に大切なものをもらったのだ。

胸いっぱいの勇気を。

(——ヒーローは、あきらめない……!)

力を込める活真の手の光が強くなっていく。強い想いが〝個性〟を変容させていくように、細胞を活性化する力がより強化されて出久と爆豪へと流れこんでいった。二人の体がうっすらと光り始める。

「う……うう……」

「うう……う……」

「デク兄ちゃん！」

「バクゴー！」

目を覚ました出久と爆豪に、活真と真幌の顔が輝いた。


「まずは現状の報告……」

その頃、別の休憩室で飯田がみんなの前で話しだす。敵の襲撃から戦闘、避難誘導、炊き出しと休みなく動き続けていたみんなはさすがに疲労困憊していた。

「通信、電力網が破壊され、救援を呼ぶことはできない……」

「先ほど、救難メッセージを発信するドローンを創造し、本島へと発進させました。到着は早くて六時間……救助が来るにはさらに時間がかかりますわ」

〝個性〟の使い過ぎで倒れた八百万がソファから半身を起こして言う。近くに座っていた耳郎が心配そうに気遣った。その向かいで瀬呂と顔を見合わせた尾白が危惧するように口を開いた。

「それまで、敵が待ってくれるとは思えない」

「今、我々がやるべき最優先事項は、島の人々を守りぬくこと……」

自分に言い聞かせるように言った飯田に「どうやって？」と砂藤が問いかける。

そのとき、活真たちが出久たちの目が覚めたことを知らせようとみんなのところへ駆けてきた。部屋の入口にいた障子が気づき、シーッと口元に指を当ててやんわりと制止する。

「爆豪と緑谷をあそこまで痛めつけた敵だぞ」

頭を抱える峰田に轟も同意する。

「俺らが戦ったヤツもかなりの手練れだった」

「戦うにしても、ヤオモモや上鳴は、〝個性〟かなり使っちゃってるし……」

耳郎から心配そうな視線を向けられ、上鳴は大丈夫だというように「ウェイ」と返した。

口元に指を当てながら思案していた梅雨が言う。

「わかっているだけでも敵はまだ三人いるわ」

「いっせいに襲われたらひとたまりもねーぞ」

芦戸と顔を見合わせていた切島の言葉に、飯田の眉根が深くなる。

「せめて、敵の目的がわかれば……」

「うん。対策も立てられんのに……」

お茶子も悔しそうに顔をぎゅっとしかめた。飯田とお茶子の言葉に、活真がハッとする。

森でナインに言われた言葉を思い出したのだ。

『君の〝個性〟を奪う』

活真がみんなに駆け寄ろうとする。だがそれを真幌が止めた。言ってはだめだと心配で首を振る。活真はそんな姉をじっと見返してから、それでも振りきって前に出た。

「敵（ヴィラン）が狙ってるのは僕だよ」

「なんだって?」

驚く飯田。活真の突然の告白に、全員の視線が集まる。活真は続けた。

「僕の〝個性〟を奪うって、言ってた」

「〝個性〟の強奪（ごうだつ）……?」

常闇が思わず近くの梅雨と顔を見合わせる。

「まるでオール・フォー・ワンみたいね」

それでもつかんだ糸口に、みんなの顔にわずかに生気が戻る。

「でも敵（ヴィラン）の目的はわかった」

「このコを連れて逃げればいいだけ……」

お茶子に頷いた芦戸の言葉を轟が立ちあがりながら遮（さえぎ）った。

「そう簡単にはいかねえ。相手は敵（ヴィラン）だ。この子を差し出さないと、島民を殺すとか言いだしかねねぇ」

　みんなを見渡す轟に峰田が困惑する。

「じゃあ、どーすりゃいいんだよ……」

　活真は話の行方を緊張しながら真剣に聞いていたが、恐怖を飲みこみ、もらった勇気を振り絞るように口を開いた。

「僕を、敵に渡して」

「――え……？」

　驚くお茶子たちに活真は続ける。

「殺さないって言ってた。僕の〝個性〟なんか無くなってもいい。それで島のみんなが救かるなら……」

　幼い子の悲壮な覚悟。そのあまりに無謀な決意にみんなは驚き、戸惑いを隠せない。そんな覚悟をさせてしまった敵への義憤と、窮地に陥ったままの現状を変えられない自分たちへの不甲斐なさが、ないまぜになる。

　だがそのとき。

「そんなのダメだ！」

「デクくん!?」

やってきた出久にお茶子が思わず立ちあがる。飯田が心配そうに尋ねた。

「緑谷くん、平気なのか？」

「活真くんの〝個性〟のおかげだよ」

飯田に頷いてから、出久は活真を見た。自分の〝個性〟がヒーロー向きじゃないと悲しそうにうつむいていたことを思い出しながら、活真の前でしゃがむ。

「細胞の活性化……新陳代謝の促進……ドーピング的効果すらある……。おかげでこんなに回復できた」

元気だよと言わんばかりにガッツポーズをして活真に微笑む。

「——すごい〝個性〟だよ、活真くん。ありがとう……」

「……デク兄ちゃん……」

安堵と自分が役に立てた嬉しさで活真の目が潤む。出久は優しく、けれど力強く笑ってみせた。

「君が怖い思いすることなんかない。そのために僕たちがいる！」

出久の言葉に轟が同意するように小さく反応したそのとき、入口から声が投げられた。

「ようするに、あのクソ敵どもをブッ殺せばいいだけのことだろうが」

「爆豪！」

いつのまにかやってきていた爆豪に切島たちが驚く。爆豪はドアに背をもたれさせながら、振り向く出久を見た。出久も爆豪をじっと見返す。

二人は、オールマイトの言葉を思い出していた。

『――救(たす)けて勝つ。勝って救(たす)ける。互いに認め合い、高め合うことができれば――最高のヒーローになれるんだ』

出久はその決意を胸に沈みこませるように目を閉じてから、もう一度活真と真幌に笑顔で振り向く。

「必ず、君たちを守るよ」

「敵(ヴィラン)どもをブッ潰す」

爆豪も宣言して掌(てのひら)を叩き小さな爆破(ばくは)を起こした。

「島の人たちも絶対に救(たす)ける！」

「絶対に勝つ！」

呼応するような幼馴染の声は活真たちだけでなく、全員に波及(はきゅう)していく。

「爆豪、緑谷、その意見のった」

「私も、島の人たちを守りたい」

轟のあとに続いたお茶子がみんなをバッと振り返る。

「戦おう！」

「しゃーねーな。松田(まつだ)さん家(ち)の耕作機(こうさくき)、直さなきゃウェイだし」

立ちあがる上鳴と飯田。

「俺だって……佐藤(さとう)のおばあさんには長生きしてほしいと思っている」

この数日間で、飯田たちは島民から信頼を得た。信頼とは片方だけの想いでは成り立たない。心が通う瞬間さえあれば時間の長さは関係ない。

「俺もやるゼ！」

そう言って立ちあがり構える切島に、目を開く常闇。耳郎、葉隠、瀬呂、尾白、芦戸、梅雨が続く。

「俺もだ」

「ウチも」

「もちろん！」

「俺も！」

「ああ」

「私も！」

「ケロ！」

「よっしゃ、やろうぜ！」

立ちあがった峰田に口田、青山、砂藤も立ちあがる。

「うん、やろう！」

「やるしかないね☆」

「俺たちはヒーローなんだ！」

「不可能だって乗り越えてみせる」

障子も皆を見渡して言う。そこにはさっきまでの張りつめるような緊張はなくなっていた。

みんなから湧きあがってくる希望と力強い闘志に、活真と真幌の緊張の糸がゆるんだ。伝わってくる熱意に思わず涙を浮かべながら、やっと二人に子どもらしい笑顔が戻る。

全員が全員を笑みを浮かべて見回す。

幾度も死線を乗り越えてきた仲間たちほど頼もしいものはない。

「いつも言ってますもの」

隣に立った八百万に飯田が承知とばかりに拳を握る。

「さらに向こうへ」

「プルスウルトラ！」

全員で突きあげた拳は力強い誓(ちか)いだった。

高揚(こうよう)する雰囲気のなかで、梅雨がきょとんと首をかしげた。

「でもどうやって?」

その言葉に爆豪がチッと舌打ちして言う。

「クソデク、てめェさっきブツブツ言ってたろうが。時間ねぇんだからさっさと話せや」

爆豪からの珍(めずら)しい催促(さいそく)に驚きながら、出久は「あ、うんっ」とみんなを見渡す。

「考えたんだ、作戦。これが今、最善策だと……思う」

「デクくん考えたって、今⁉」

「目ぇ覚めたとたんきめェんだよ」

みんな、意識を取り戻して速攻(そっこう)で敵(ヴィラン)対策をブツブツ言いながら考えはじめた出久の様子を思い浮かべ、あきれたり笑ったりする。

その和(なご)やかな様子を真幌と活真は眠そうな笑顔で目をシパシパさせながら見ていた。

「緑谷、作戦は?」

隣の轟に促され、出久はテーブルに広げた島の地図を指差しながら作戦を説明する。あれからすぐに村長にも来てもらっていた。気が抜けた真幌と活真がソファで寄り添いながら眠りについている。

「確認できた敵は三人。後ろが断崖絶壁の城跡を拠点にして、敵の侵攻ルートを一つに絞らせる」

地図上の予想侵攻ルート上には、滝、鍾乳洞、岩場に目印がついている。

「そして先制攻撃で敵を分断。それぞれの地形を利用して」

「ヤツらを叩きのめす」

続けた爆豪。出久は地図を差しながら言う。

「島の人たちは、断崖絶壁の洞窟に避難。活真くんと真幌ちゃんは、僕らで護衛。いざというときの脱出経路も確保」

真剣な顔で地図を見る出久に轟が訊く。

「〝個性〟の複数持ちへの対応は？」

「僕とかっちゃんが戦ったとき、突然相手が苦しみだした。おそらく〝個性〟を使いすぎると、体に負担がかかるんだ。だから活真くんの〝個性〟……細胞活性を奪おうとしていた……」

「なるほど……消耗させんのか……」

納得する轟。出久はみんなを見渡す。

A C A D E M I A

: R I S I N G

MY HERO

HEROES

「敵には、波状攻撃を仕掛けて〝個性〟を使わせる。〝個性〟を奪われるから接近戦はなるべくしない方向で。それで敵を倒せればよし、たとえ倒せなくても……」


そして作戦は夜のうちに速攻で始まった。

常闇と葉隠が住民を城山の洞窟へと誘導する。それとともに口田はヤギと豚を避難させ、砂藤がリヤカーで食料を運ぶ。

それ以外の面々もすべての準備を整え、敵を迎え撃つべく活真と真幌、1年A組全員で頂上から眼下を見下ろす。夜明け前の空が瞬く間にオレンジ色に明るくなっていく。

「救援が来るまでもちこたえれば……」

「みんなを守れる……」

敵の驚異的な強さを思い真剣な表情になる出久を見ていた轟が決意を新たにする。そんな二人の前で爆豪が揺るぎない自信をもって不敵に言った。

「違え。絶対に勝つんだよ」

穏やかな海と澄んだ淡いオレンジの空の間から輝かしい光が現れる。戦闘開始を告げるには美しすぎる朝焼けだった。

Part.5 反撃の狼煙

スライス

SLICE

ナインの「理想」に賛同して仲間に。髪の毛を刃物のように操る“個性”で戦う。

「ナイン。ターゲットは城山の頂上……。ヒーローもね」

まだ夜明け前、冴え冴えとした月が雲間から見え隠れしている。出久たちの居場所を探っていたスライスが、波打ち際にいたナインに告げた。

「チッ、籠城かよ」

苛立つキメラに、ナインは踵を返し歩きだす。

「目標に向かうぞ。王となる者に、小細工などいらない……」

その眼差しは冷酷な野望に満ちていた。


城山の頂上から八百万の創った単眼鏡を覗いていた障子がハッと声をあげた。

「来たぞ、三人。予想ルートを固まって歩いてる」

それを聞いて活真をかばう真幌。出久はそんな二人を守るように前に立ち、グッと顔を引き締め山の麓を見る。

「頼むよ。八百万さん、青山くん……！」

その麓では、八百万と青山がナインたちを待ち構えていた。苦しそうな八百万が身を低くして、ナインたちがポイントに近づいてきたのを単眼鏡で確認すると、小声で後方の遺跡の陰に隠れている青山に伝える。

「敵、ポイントまで20。青山さん、ネビルレーザー最大出力！」

八百万に促され、それまでビビッていた青山が覚悟を決め〝個性〟を発動させた。

「エネルギー充電……！」

青山のネビルレーザーをためるベルトがまばゆく輝きだす。ナインたちがポイントの門までできたその瞬間、青山が八百万のカウントでバッと前に出てポーズを決めた。

「ぐっ……。キャントストップトゥウィンクリングスーパーノヴァ☆！」

太陽に負けないほど光り輝く最大出力のネビルレーザーがキメラたちに向かって発射される。気づいたキメラとスライスがとっさに左右後方へと飛び退いた。だが、その前にナインの空気の壁によってレーザーは塞がれていた。それを見た青山は腹痛に耐えながらも、さらにネビルレーザーの出力を上げた。両肩と両膝にもある照射口からも最大出力のレーザーが放たれる。

「プルスウルトラ‼」

すさまじいレーザーの連射がキメラたちを襲う。レーザーを避けようと、キメラとスラ

イスはさらに飛び退きナインのそばを離れた。それを見た八百万が待ってましたとばかりに「分かれた！」と叫ぶ。そして前方に迷彩布で隠していた二つの大砲を晒し、言った。

「残りの脂質すべてを使ったコレが、私の最後の一撃ですわ！」

そして轟音とともに砲撃する。ヒュウウと空気を裂きながら砲弾が落下したのはナインから少し離れた左右の地面。

「ふ……どこを狙っ……なに⁉」

的外れだと嘲笑したスライスがハッとする。砲撃された地面が崩落しはじめたのだ。八百万は、芦戸が前もって〝個性〟の酸で崩れやすいように細工していた場所を狙ったのだ。

スライスは崩落に飲みこまれ真っ暗な穴のなかへと消えていく。

スライスとは反対側へ逃げたキメラも、砲撃とレーザーで崖に追い詰められ崖下へとジャンプした。八百万と青山の役目は当初の予定どおり、敵の分断だった。

「……第一段階……終了……」

「も……もれちゃった……」

限界を超えた疲労に八百万が崩れ落ちたところへ青山が粗相と腹痛に耐えながら滑りおりてくる。頂上でそれを確認した障子が声をあげた。

「分断成功！」

「よし！」と喜ぶ尾白。耳郎が地面にイヤホンジャックをさしてナインたちの位置を確認して出久に報告する。

「予定ポイントに誘いこめてるよ！」

（ここまでは作戦どおり。絶対みんなを守るんだ！）

出久は頷き、ナインがまっすぐ近づいてきているであろう方向を見た。

ナインは一人になったことを意に介する様子もなく、ただ活真がいるであろう城山の頂上に向かってまっすぐ歩を進めていた。

「テープショット：トライデント!!」

その死角から瀬呂がたくさんの岩を貼りつけたテープをナインめがけて振り下ろす。その近くでタイミングを計っていたお茶子が両手の肉球を合わせた。

「解除！」

とたん、重力の戻ったたくさんの岩が勢いに乗ってナインへと落ちていく。しかしナインは冷静に爪弾で落ちてくる岩をすべて粉砕した。着地した瀬呂は「麗日」と次の合図を後方で走りだしたお茶子に送る。次の瞬間、ナインを振りかえった瀬呂がハッとする。ナインの光る爪が自分に向けられていた。

「つぶねえ!!」

とっさに木にテープを飛ばし、避けた瀬呂のいたところを爪弾で爆発させる。

「くっ！　瀬呂くん!!」

その間も走りながら次々と岩にタッチしていたお茶子の叫びに応えるように、瀬呂が必死に走りながらテープを伸ばす。そしてまたナインへと岩の攻撃を続ける。ナインはまたそれを爪弾で粉砕する。二人の役目は、ナインに近づくことなく〝個性〟を使わせ続けることだった。そのためには、岩を無重力化させるお茶子の〝個性〟と、テープで距離を取った攻撃ができる瀬呂の〝個性〟は相性がいい。

(撃ちまくれ!!)

二人が巧みに距離を取りながらナインを攻撃し続ける。

一方、穴に落ちたスライスを待っていたのは、ひやりとする暗闇だった。

「分断したところで」

穴から漏れてくる光で、ここが鍾乳洞だとわかる。スライスがヒーローたちの目論見を鼻で笑いながらあたりを見回したそのとき、暗闇から液体がその頭上の天井へと飛ばされた。液体のかかったつらら石の根元が瞬時に溶け、次々に矢のように落下する。

ハッとしたスライスが足場の悪い暗い鍾乳洞のなかで軽々とつらら石を避けるとともに、刃に変化させた髪で裂きながら鍾乳洞の奥へと移動する。

鍾乳石柱の陰から酸を放っていた芦戸に気づいたスライスは、靴の先にしこんでいたナイフを放つ。

「しくった」

ナイフに続けて針のように変化させた髪を放たれ、芦戸はあわてて後退する。追い詰めようとするスライスに暗闇から鋭い鋼鉄製の爪が伸び攻撃するが、スライスはかろうじて避ける。

「おしい!!」

思わず声をあげた芦戸に常闇が暗闇のなかから姿を現す。鋼鉄製の爪は八百万が創造した武器だった。

「芦戸、あとはまかせろ。ここは俺の世界だ」

黒影を纏い身構える常闇を見たスライスの顔にサディスティックな愉悦が浮かぶ。

「……こしゃくね」

そう舌なめずりするスライスの毛先の刃が好戦的に逆立った。

崖下へと飛び降りたキメラは、山の中腹にある滝を見あげた。

「チッ……体よく分断されたか……」

やっと目論見に気づいたキメラがそう呟いたとき、長い舌が滝つぼからキメラの足元に伸びた。瞬時にからみつき、キメラを引っ張り水中へと引きずりこむ。

「うおっ!!」

梅雨はキメラをカエル泳ぎで滝の下まで引っぱってくると、舌を放し地上へ上がっていった。キメラは激しい水流のなかで体勢を立て直そうとするが、突然水が凍りはじめ、あわてるキメラを氷があっというまに飲みこむ。氷結は瞬く間に昇り、滝全体をも凍らせた。

「よっし!!」

「作戦どおり」

キメラが滝つぼに閉じこめられたのを見て喜ぶ切島と飯田に、自らの炎熱で体を温めていた轟の顔が「……いや」と曇る。緊張が走る轟たちの前で、氷にひびが入り砕けた。氷を拳で打ち砕いたキメラが飛び出し着地する。

「冷てーじゃねーかよおい」

「また会ったたな」

乏しい表情のなかに闘志を燃やしながら身構える轟。

「ハッ、やめとけ。今日の俺は本気だぜ」

キメラは服に忍ばせていた葉巻をケースから取り出し、口から出した炎で火をつけながら目の前のヒーローたちを睨んだ。それに対抗するように切島が構えながら硬化する。

「俺らだって違う」

「島民が避難した今、全力で」

飯田が身構える横で、轟も自らの右側の体温を急激に下げていく。

「おまえを止める」

飯田が「レシプロターボ」と言いながらふくらはぎのエンジンを起動させた。

「一〇分でケリをつけるぞ」

気合のみなぎる飯田の声に切島たちも呼応する。その前でキメラの体が変化した。服を破りながら腕から翼のようなものが生えてくる。キメラがにやりと笑った。

「上等だ」


ナインに対抗しているお茶子と瀬呂だったが、爪の攻撃であしらわれ続けていた。ナインは気負うこともなく頂上へ向かう。悔しそうに瀬呂が顔を歪めた。

「クソ！　足止めすらできねぇ！」

「くっ！　これなら！」

お茶子は〝個性〟を使いすぎると気持ち悪くなってしまう。せりあがってくる吐き気を

抑えながら、バッと肉球を合わせた。攻撃の合間を縫いながら、上空に無数の岩をあげていたのだ。無重力を解除された岩がナインめがけ雨あられと降り注ぐ。あがる土煙でナインの姿がかき消される前で、こみあげる吐き気に「うっおえ」とお茶子が口元を押さえた。けれど土煙のなかから爪弾が発射された。自分の攻撃でダメージを与えられなかったお茶子の顔が悔しそうに歪む。

爪弾が煙を払い、見えたのは、空気の壁で攻撃を防いでいたナインの姿。瀬呂はすぐさまテープを使った攻撃を繰り出すが、新しい空気の壁で防がれ、続く衝撃波とその眩しい光に瀬呂は攻撃をまともに受けてお茶子もろとも吹き飛ばされた。

「がはっ、う、うう……」

倒れるお茶子と瀬呂にナインが再び爪弾を向けるが、後方を見た瀬呂がハッと気づき、お茶子を抱えて救助しテープでその場を離れる。

「もうすぐ本命だ！」

「う、うん！」

お茶子も気づき、力を振り絞り後方へと向かって駆けだす。

「瀬呂！　麗日！」

「峰田!!」

　お茶子たちが向かう先には、包帯を頭に巻いた峰田がいる。その後ろには、ずらりと並んだ大きな木の柵があった。その柵で堰き止められているのはたくさんの巨大な岩。木の柵は峰田の〝個性〟のもぎもぎで接合されている。峰田が二人に向かって叫んだ。

「準備できてるぜ！」

「麗日頼む！」

　瀬呂が託すように叫びながら、時間を少しでも稼ごうとナインに攻撃を続ける。お茶子は吐き気に耐えながらたどり着いた柵へと手をかけた。同時に峰田が柵の脇へと駆けだす。

「ううう……！」

　たくさんの大岩の重力がかかっている柵に触れているお茶子の手が光る。

「プルスッ、……ウルトラアアァァアアア！！！」

　お茶子が根性で無重力化させた柵を空へと投げ飛ばす。瀬呂のテープが気絶しかけるお茶子をすばやく引っぱりあげると同時に、柵がはずれた大岩の雪崩がナインに向かう。ナインが爪弾で攻撃するが、あまりに大量の岩の雪崩に飲みこまれた。間髪入れず瀬呂が走ってきた峰田をテープでその上空へと投げ飛ばす。

「行け！　峰田～！」

「スーパーグレープラーッシュ!!」

空中で頭の包帯を投げ捨てた峰田が、流血もおかまいなしでナインがいるであろう場所目がけてもぎもぎを絶え間なく投げこむ。大岩同士がもぎもぎでくっつき続け、やがてそれは一つの岩山のようになった。やりきった峰田がカッコよく叫ぶ。

「これが本命だ!!」

「よっしゃー!」

「や、やった……う、おぇぇぇ」

ナインを閉じこめ喜ぶ瀬呂の近くでお茶子がえずく。瀬呂が「大丈夫か⁉」とお茶子に声をかけた。

「ざまーみろ……閉じこめてやった……ぜ⁉　うわああ!」

峰田が岩山の上へと着地し、フラフラしながらそう言ったとき、岩山のなかから突然光が漏れてくる。とっさに瀬呂が峰田をテープで引き寄せた直後、光と衝撃波とともに岩山が爆発したように吹っ飛んだ。

「きゃああっ!」

「うおお!」

突風に瀬呂たちは吹き飛ばされる。

「くそっ！　本命が防がれた!!」

頂上から単眼鏡でそれを確認した障子が叫ぶと、出久は思わず身を乗り出す。音を確認した耳郎が言った。

「敵、麗日たちに接近！」

出久は土煙のあがる、お茶子たちのいる場所を見た。けれど、振り返った活真たちの心配そうな顔にどうするのが最善かと考えを巡らせる。


「う……うう……」

土煙のなかで、なにごともなかったかのように再び坂を上りはじめたナイン。お茶子と、気絶した峰田を抱えた瀬呂は、よろけながらもなんとか立ち向かう。二人に残っている力はもうわずかだった。けれど活真たちや島民たちを守ろうとする気力だけは尽きていない。

「ならば……」と、そんな二人にとどめを刺そうとナインが爪を向けた。けれどふと何かに気づいたようにその手を後ろに回し空気の壁を作る。直後、ビームがそれに弾かれた。

ビームを放ったのは八百万に支えられている青山だった。

「青山くん！」

「ヤオモモ！」

「今のうちに……」

「態勢を…きゃああっ！」

「無駄だ」

ナインからの空気の衝撃波で八百万たちが簡単にフッ飛ばされてしまう。振り向きもしなかったナインの前には、あきらめない瀬呂とお茶子がいる。

「遊びは終わりだ」

凪いだ海のように静かな表情をしたナインの両手から激しいスパークが放出した。それで攻撃されたらひとたまりもないとわかってはいても、今のお茶子たちにはただ身構えるしかない。しかしそのとき遠くから瞬時に近づいてくる爆発音があった。

「うおおおお！」

爆破で飛んできた爆豪の速攻だ。だがナインの空気の壁に弾かれる。

「生きていたか……」

「寝言は寝て死ね！」

えぐれた地面の先で爆豪が啖呵をきる。

「爆豪が戦闘に参加！」

単眼鏡越しに突然現れた爆豪に驚く障子の横を、出久が風のように駆け抜けた。「緑谷？」とさらに驚く障子に出久は山の中腹へと飛び降りていきながら叫ぶ。

「活真くんたちをお願い！」

「……デク……」

「……デク兄ちゃん……」

思わず前に駆け寄った真幌と活真が心配そうに、遠くなっていく背中を見送る。出久は落下しながらワン・フォー・オールを全身に行き渡らせた。

（ここで死守する！）

飛びこんだ爆豪の戦力は強力だ。あそこで迎え撃ち、ナインの足を止めなければ活真が奪われる可能性がぐんと高くなってしまうと出久は推定した。

「食らえ！」

爆豪が空中からナインに向かい炎弾を繰り出し続けているところへ、駆けてきた出久が入れ替わるように飛びこみ、蹴りを放つ。

（ここで守れなきゃ……ヒーローを目指した意味がない！）

「セントルイススマッシュ‼」

だがそれは空気の壁に防がれた。ナインに動じる様子は微塵もない。出久はそれも想定ずみのようにさらに力を込める。

（全力でなくていい、〝個性〟を使わせることだけ考えろ！）

しかし衝撃波に襲われ、吹き飛ばされてしまう出久に爆豪の手が伸びた。つかんだかと思うやいなや、自ら爆破で高速回転して出久を勢いよくナインに向かって投げ返す。

「爆破式カタパルトォォ!!」

振り回されながら爆豪の意図に気づいた出久は、加速をつけ再びナインへと矢のような強力な蹴りを食らわす。ナインも空気の壁で防ごうとするが、予想以上の威力に大きく弾かれた。

「なかなか……」

顔をあげ、ナインは自分に対して身構える出久と爆豪を見据える。

「ここから先は」

「ブッ殺す！」

二人もナインをきつく見返した。

わずかな光しか差しこまない鍾乳洞での戦いは、スライスの有利に進められていた。狭い空間で縦横無尽に伸びる髪の刃と、軽業師のように柔軟な体勢から繰り出されるナイフ攻撃に常闇は防戦一方になっている。常闇も鋼鉄製の爪で刃を防ぎ振り払うが、ついにバランスを崩し後ろに手をついてしまう。

「なにが俺の世界よ。威勢のいいこと言って」

スライスは挑発しながらすばやく指先と靴にしこんでいたナイフで攻撃をしかける。続けざまのナイフ攻撃に加えて髪の刃が飛ぶ。常闇を追い詰め、「この程度？」と上から靴のナイフを常闇に振り下ろした。常闇はなんとか爪でそれを弾く。

（手数は向こうのほうが上）

けれど間髪入れず飛んできた回し蹴りに常闇が激しく転がる。

（一瞬でいい。隙を）

「哀れね!!」

なんとか起きあがる常闇に、スライスは相手を虐げる快感に口の端をあげ、とどめを刺しに髪の刃を向ける。だが同時に常闇がスライスに向かって飛んだ。向かってくる刃が常闇を掠めていき、切られたヒーロースーツから血があふれる。それも常闇は覚悟のうえだった。傷だらけになりながら黒影の爪を左右に交差させスライスに襲いかかる。

「深淵暗駆・夜宴!!」

刃で受け止めようとしたスライスがその威力に弾かれた。常闇が芦戸に叫ぶ。

「今だ！」

「アシッドショット!!」

機会を窺っていた芦戸がスライスに酸を放った。常闇が「一気に決める」と黒影を自らから放し、向かわせる。酸を受けた髪の刃が溶け落ちたのに気づいたスライスの顔が怒りに歪んだ。

「……よ、よくも」

怒りのままスライスは髪の針を飛ばす。無数のそれに突き刺された黒影が痛みに声をあげてのけぞる。芦戸が酸で滑りながら距離をとり、手からの酸で髪の針を溶かしにかかる。しかし、大事な髪を溶かした元凶をスライスは逃がしはしなかった。太い髪の針が芦戸の太ももに突き刺さる。

「ああ!!」

激痛に芦戸が足を滑らせ、落ちる。「芦戸」と駆け寄った常闇の顔が、薄暗がりでもわかるほどの芦戸の出血量を見て歪んでいく。

「あ……ああ……」

傷つけられた仲間の姿に、常闇の心が敵への増悪に揺さぶられる。その揺れは黒影に眠る凶暴な闇を目覚めさせていく。苦しむ常闇と同調し、鎖から解放されたように黒影が増大した。

「き……貴様あぁぁっっっ!!」

「こ……これは……」

激昂した常闇に思わず距離をとったスライスに、暴走する黒影の爪が振り下ろされる。さっきとはケタ違いの威力をなんとか避けるのが精一杯だった。凶暴化した黒影は止まることをしらない。闇さえ従える暴虐の王。

攻撃を避けながら、スライスは悟る。とても倒せる相手ではない。ならせめてナインの邪魔だけは。

自滅覚悟でスライスが天井へと髪の針を向ける。天井の崩落で黒影を止めるためだ。そんな思惑など知らず黒影がスライスをつかんだそのとき、天井に小さく走るひび割れの音とともに幾筋かの光が差しこみ——一気に崩落する。落ちてくる瓦礫とともに差しこむ眩しい光に黒影が悲鳴をあげながら弱体化し、常闇のなかへと戻っていった。常闇は落ちてくる瓦礫のなかで、気を失っている芦戸をかばうように倒れこんだ。

(……常闇くん⁉　黒影を……)

戦いながら、鍾乳洞からあがった土煙に気づいた出久に、ナインの爪弾が迫る。すると爆破で飛んできた爆豪が出久を蹴り飛ばした。

「前だけ見てろ！」

「わかってる……」

一瞬でも気を抜けばあとはない。出久は爆豪に叱咤され、それを肝に銘じすぐさま立ちあがり、駆けだした。


「ぉおおおお‼」

凍る大滝の前で、高速で駆けてきた飯田がキメラへと渾身の蹴りを繰り出す。しかしキメラは「無駄だ」とガードした手で飯田の足をつかみ、投げる。そんな飯田の後ろから硬化している切島が駆けこみ、全力を乗せた烈怒頑斗裂屠をキメラの腹部へ打ちこもうとするが、それも飯田と同様に「かゆいな」と腕で止められてしまった。切島は顔をつかまれ、岩を砕きながら投げ飛ばされ岸壁にめりこむ。それを見た轟が舌打ちしながら炎をキメラへと向けるが、翼のような手で起こした風に簡単に吹き飛ばされてしまった。そのがら空きの背後から飯田が高速で蹴りを繰り出すも、再び弾かれる。キメラが飯田に攻撃しようとするのを轟の氷結が止めた。

「……テメーら……無駄だと言ってるだろ――」

煩わしい攻撃に苛立ちを募らせたキメラが氷を豪快に破壊し、葉巻を吐き捨て飯田たちの元へ足を延ばしたそのとき、キメラに異変が起こった。

「か……体が……⁉」

急激にピリッと刺すような痺れに全身を襲われ、キメラがガクッと倒れこむ。何が起こったのかわからず啞然とするキメラに轟と飯田が言った。

「単調な攻撃を繰り返したのには意味がある」

「俺の足、そして切島くんの手には……蛙吹くんが作った毒性の粘液が塗られていた」

近くの岩に保護色でまぎれていた梅雨が「梅雨ちゃんね」と姿を現す。その腕からは透明な粘液が滴っている。

「観念しろよおっさん」

立ちあがって降伏を促す切島。轟がキメラの足元を氷結させた。

「……小賢しいマネしやがって」

キメラがそう呟いた直後、膨張した靴が破れ、まるで鶏のような足が現れた。その足は瞬く間に醜く大きく変化していく。その変化は体全体に起こっていた。獣の胴体に、鳥類の手足、爬虫類の尻尾、頭部から生えた大きな角。それがキメラの本当の姿だった。

「見せてやるよ。俺が化け物だと言われる理由を……‼」

「巨大化⁉」

「あの姿、天喰先輩かよ!!」

服を破り巨大化するグロテスクな姿に飯田と切島が思わず叫んだ。天喰環は食べたもので姿を変化させるが、理性は完全に残り〝個性〟を操る。けれどキメラは完全に〝個性〟に飲みこまれてしまっているようだった。言語さえ忘れたような叫び声をあげる口の奥が光り、それに気づいた轟が素早く氷壁を出す。しかしキメラから吐き出された高出力の炎が氷壁を溶かし水蒸気爆発が起きた。

「クソ!!」

「蛙吹くん!」

「ケロ!」

飯田が轟を、梅雨が切島をかっさらいその場を離れる。キメラの解放された煉獄の炎が滝を溶かし、森を焼く。それはまるで広がり始める地獄のようだった。


「あそこ、飯田たちの……!?」

見張りを交代していた耳郎が単眼鏡から見えた燃え盛る炎に愕然とする。

「苦戦してる……?　応援に……」

「ダメだ!」

危惧する尾白をきっぱりと止めたのは障子だった。その視線は、心配そうに出久たちのいる中腹の遺跡広場を見守っている活真たちへと向けられている。

「俺たちの任務は活真くんたちの護衛だ」

なんのためにみんなが今必死で戦っているのか。障子の言葉に尾白たちも今すぐに救けにいきたい気持ちを飲みこんだ。

活真たちが視線を送る中腹では、出久たちがナインに攻撃を続けていた。出久が横からデラウェアスマッシュの空気の礫を放ち続けると同時に、爆豪が前面から徹甲弾を撃ちこんでいく。しかしナインには効かず、出久とともに爪弾などで返り討ちにされてしまう。爆豪の左腕の籠手に爪弾が当たり、割れた。とどめを刺そうとするのを瀬呂がナインの腕へとテープを伸ばし阻止するが、逆にテープごと引っ張られてしまう。だが瀬呂はテープを巻き取り、勢いを加速させたままナインに蹴りをお見舞いしようとする。

「させるかよっ!!」

しかしナインは寄ってきた的に冷静に爪弾を撃ちこんだ。

「瀬呂!!」

爆豪が叫ぶ。瀬呂は起きあがろうとするが痛みに呻く。そのとき、ナインの背後から爆煙を抜けてお茶子がバッと飛び出す。

（触れて浮かす!!）

一瞬でも触れたら隙ができる。それを狙ってお茶子は手を伸ばした。けれど突如ナインの背中から出現した使い魔がお茶子を噛み急上昇し、空中で勢いよく放り投げる。

「麗日さん！」

城跡から落下しそうになったすんでのところで、出久がキャッチする。その腕のなかでお茶子は「……まだ……まだ……」と悔しそうに呟きながら気を失った。出久はそっとお茶子を横たわらせる。

「野郎……」

「よくも！」

傷つけられた仲間たちの姿に、爆豪と出久はナインをにらみつけた。すぐさま二人は使い魔を消そうと攻撃に移る。出久がデラウェアスマッシュを連射し、爆豪が爆破で畳みかけようとするが、使い魔は二体に分身し、それぞれへと攻撃してきた。吹き飛ばされた二人は城壁へと叩きつけられる。

（……クッ、押しこまれる。このままじゃ活真くんたちに……）

めりこんだ城壁からなんとか立ちあがりながら出久は向かってくるナインに身構える。その隣で爆豪も使い魔を従えているナインを荒い息で睨んだ。

（……クソがっ……！）

ナインの強さは異次元だった。〝個性〟の一つ一つが強力で、出久たちの攻撃などまったく意に介していない。それを肌で感じて焦り(あせ)を隠せない二人の前で、ナインがスッと二人に向けて両手をあげ、使い魔を差し向ける。矢のように飛んできた使い魔が出久たちに食らいつこうとする。

その様子を頂上で身を乗り出すように見ていた活真と真幌がハッとしたそのとき、突如、使い魔の姿が崩れた。

「こ、これは……」

「う…うう……ううおおおおおおお——ううう！」

驚く出久の向こうでナインが頭を抱え苦しみだす。その額(ひたい)にはひび割れのような傷が浮かんでいる。待ち望んだ瞬間に出久が身を乗り出した。

「きた、……限界時間！」

大滝のまわりでは火災が大規模に広がり続けていた。理性をなくしたキメラは、ただ飯田たちを殺すことだけしか頭にないように森を焼きながら追いかけてくる。飯田たちは逃げることしかできないでいた。崖下に避難し炎を避けながら、どうにもできない状況にみ

んなが顔をしかめる。

「なんてパワーだ」

「近づくことすらできないわ」

悔しがる切島。梅雨も苦しそうに続ける。飯田がふくらはぎのエンジンを見て焦燥を滲ませながら言った。

「くっ、間もなくレシプロが終わる……！」

そのとき、必死でなにやら考えていた轟が小さくハッとし、真剣な顔を飯田たちに向けて口を開いた。

「……突破口をひらいてくれ。俺をヤツの懐に……」

突然の申し出に飯田たちが驚く。けれど振動とともに近づいてきたキメラの足音に、そんな時間はないと悟る。切島が言った。

「そのあとは」

「考えがある」

轟のまっすぐな目にただならぬ決意を感じ、短く思案したのち飯田が決断する。

「……よし。これが最後のアタックだ！」

切島も梅雨もその決断を信頼し頷いた。

奇声をあげながら近づいてくるキメラの前方に飯田が立ちはだかる。そして残り時間の迫るエンジンを惜しげもなく加速させ近づいた。キメラが見つけた獲物に口から火球を連発するが、飯田は方向転換を繰り返し攻撃を避け続けた。轟からレシプロターボでキメラの注意をひきつけるように言われていたのだ。案の定、素速い飯田を仕留めようとキメラは躍起になっているようだった。その隙にキメラの死角から轟と切島が氷結に乗って近づく。前の切島を轟が後ろから支えている。

「この感じ、神野を思い出すな！」

「ああ」

みんなで協力し、爆豪を救出したときのことを思い返しながら切島は覚悟を決める。

「何が来たって耐えてやる、必ず懐に飛びこめ‼」

「ああ！」

キメラが近づいてきた切島に気づき、炎を向ける。その前に切島は全身を超硬化させた。

「安無嶺過武瑠！」

高出力の炎が切島を飲みこむ。あまりの高温にコスチュームが瞬時に燃え落ちるなかで切島は後ろの轟の盾になり炎に耐え続けた。けれど強すぎる炎にバランスが崩れる。「切島！」と轟が叫ぶ前で、切島の超硬化した皮膚が熱で剝がれはじめた。それでも耐え続け

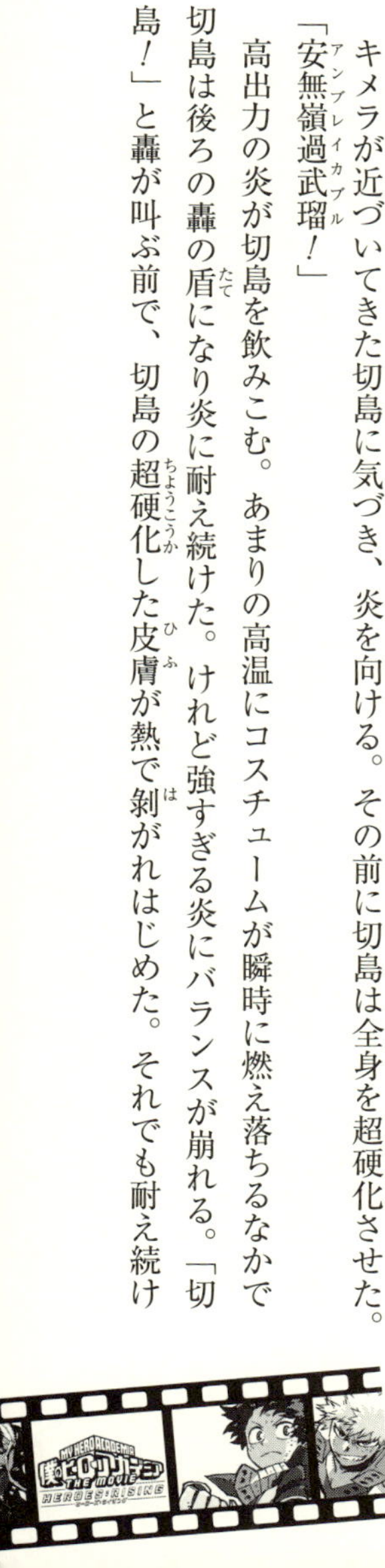

ていると、キメラの炎が消える。エネルギー切れで炎が枯れたのだ。切島が膝から崩れ落ちながら言う。

「行け……」

轟が瞬時に氷柱を伸ばし、キメラへと飛ぶ。その脳裏に、憎しみしかなかったはずの父親の言葉が蘇っていた。

『体の熱を限界まで引きあげろ』

けれど、その体にあるのは氷の冷たさ。

(炎でできたことを氷結で!!)

轟が攻撃を避けながら巨大な肩に着地するが、キメラが爪で掻き殺そうとする。その腕を木の上から飛びおりた梅雨が舌で拘束する。けれど今度は太い尻尾が轟へとムチのようにやってくる。それを飯田が残りの力を振り絞り蹴り返した。続けてすぐさま尻尾に飛びつき体で止める。

「轟くん!!」

飯田の叫びに轟はキメラの口へと右手を突っこみ、氷結を体の内部へと繰り出す。中からキメラを凍らせるのだ。けれどわずかな時間でたまったエネルギーでキメラが炎を吐き出す。ぶつかり合う温度が水蒸気となり噴き出した。拮抗する温度に轟は奮起する。

（下がれ、限界まで！）

轟が意識を集中し体温を下げ続ける。発せられる冷気がキメラの炎を徐々に飲みこんでいった。体の異変にもがき苦しむキメラの体を飯田と梅雨が必死で押さえるが、振り回された反動で激突してしまい二人とも気絶する。拘束を解かれたキメラだったが、その動きはひどく鈍い。冷え続ける体の表面に霜が急速に広がっていく。それは轟も同様だった。二人から広がる冷気は火災で熱せられた地面も、空気でさえも凍らせていく。

「凍て尽くせ!!」

意識でさえ凍りそうな感覚のなかで、轟が限界を超える。氷晶のような瞳と、凛冽とした体の奥にある燃えたぎる灼熱の闘志から噴き出した氷結が、キメラを内部から凍らせ、氷柱があふれ出る。力尽きた轟が地面に倒れこんだ。

「し、しばらく……冬眠してろ……」

キメラは完全に凍結していた。

「せ……責務は……果たした…からな……緑谷……爆豪……」

轟は離れた場所で戦っているであろう仲間を思いながら気を失った。

その頃、託された二人は〝個性〟の使用限界を超え苦しむナインを見て勝機を感じてい

た。

「かっちゃん、畳みかけるぞ！」

「命令すんな！」

爆豪とともに、出久はみんなで積み重ねて作った機会を逃すまいと速攻で飛び出す。その前でナインは激痛に身もだえながら、必死に考えを巡らしていた。

「さ、細胞活性さえ手に入れば……」

ナインは服の下に着ていたダイバースーツのような全身を覆う個性制御装置を操作する。スーツの中から小さなボトルが肩口に突き出すと、中に入っていた液体がナインへと注入されていく。

（ここで確実に……！）

止めなければと駆け寄っていく出久たちの少し前で、ナインの顔を覆っていたマスクが落ちた。顔のひび割れのような傷がスッと小さくなっていく。紫がかった白髪が乱れ、憂いを帯びていた目は狂気に見開かれる。

「温存など……必要ない！」

上空にいつのまにか大きな暗雲が広がっていた。突然昼から夜に変わったような異常な変化に、出久たちは思わず立ち止まり空を見あげる。激情のまま天をあおぎ咆哮するナイ

MY HERO ACADEMIA

HEROES:RISING

ン。黒雲のなかで紫色の光が暴れまわったかと思った直後、それが怒りくるったように出久と爆豪目がけて落ちた。

突然の激しい落雷に悲鳴をあげる活真と真幌。障子たちが囲んで守る。

「……デク兄ちゃん……」

「バクゴー……」

音が止み、障子たちは活真たちとともに、出久と爆豪がいた場所をそっと覗くが土煙があがってなにも見えない。それほどまでの雷が落ちたのだ。うっすら見え始めた地面はひどく抉れていて、そのすさまじさを物語っていた。

「デク兄ちゃああ」

「バクゴー！」

出久と爆豪の元へ思わず駆けだそうとする活真と真幌を、障子が止める。

そのとき、状況を把握しようと単眼鏡を覗いた耳郎がハッとした。煙のなかから現れたナインがこっちへ向かっていた。

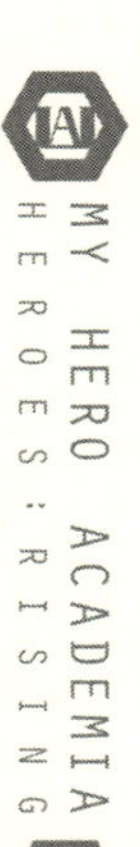

「細胞の活性化？」

夜、ホークスは意識を取り戻した真幌たちの父親の元へ事情を聞きに訪れていた。戸惑いながら父親は小さく頷き答える。

「ええ、ですが私が活性化できるのはA型細胞だけで……とても人の役に立つような〝個性〟では……」

ホークスには、この島乃という一般人が巻きこまれたのは〝個性〟のせいなのは間違いないという確信があった。あらゆる可能性を考えながら口を開く。

「……島乃さん、ご家族は？」

「故郷の那歩島に、娘と息子が……」

通常、〝個性〟因子は遺伝する。狙われた〝個性〟と同じ系統の〝個性〟を家族が持っている可能性は高い。つまり、犯人が奪いに現れるかもしれない。

（かなり遠いが、犯人の進行範囲に那歩島はある……）

地図上の〝個性〟喪失事件のポイントを思い返し、ホークスがわずかに眉を寄せたそのときポケットの携帯が鳴った。「……失礼」と病室を出て公安委員幹部からの電話に出る。

「なんです？」

『九州沖を航行中の漁船が救難メッセージを受信した。那歩島に敵襲来、至急救助を』

那歩島という名前を聞いた瞬間、ホークスは非常階段へと走りだした。

「それ、〝個性〟喪失事件の容疑者です」

『なんだと⁉』

「至急、救助チームを那歩島に！　それに雄英高校に連絡を」

非常口を出たホークスは、闇夜に深紅の翼を広げ飛び立つ。

『雄英、なぜだ？』

「公安肝入りの《実務的ヒーロー活動推奨プロジェクト》……那歩島を担当しているのは雄英高校ヒーロー科1年A組です」

パート
Part.6

ワン・フォー・オール

ナイン

自らの「理想」を果たすため、敵(ヴィラン)連合の“個性”強化実験の献体になった男。

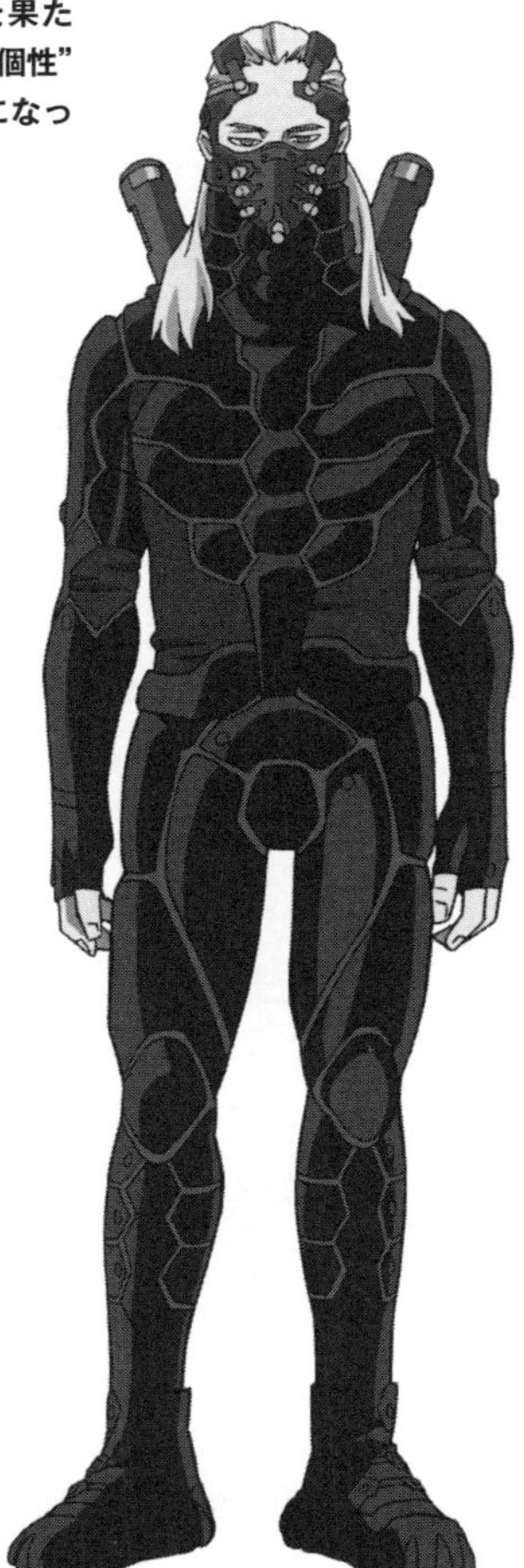

NINE

「障子、活真くんたちを連れて脱出を」

「頼んだよ」

そう言って立ちあがった尾白と耳郎に、障子がハッとする。けれどすぐに二人の覚悟を感じ「……わかった！」と泣きじゃくる活真たちを抱えて後方へと走りだした。

「絶対にくい止めるぞ！」

「うん！」

尾白と耳郎はその後ろ姿を見送り、左右にわかれてダッと駆けだす。

「見つけた……」

わずかにふらつきながらやってきたナインが橋の中ほどにさしかかったとき、障子が活真たちを抱えながら城壁を登っているのをみつけた。使い魔を出そうとした瞬間、また細胞が死滅する激痛にナインが悶える。その橋の前端に耳郎が、後端に尾白がやってくる。耳郎がイヤホンジャックを手の音響増幅装置に繋げ、バッと地面に触れた。

「ハートビート・ファズ！」

瞬間、耳郎の増幅された心音が衝撃波のように伝い、地面をめくりあげながらナインのいる橋を壊す。同時に尾白も橋に尻尾を旋回させぶつける。

「尾空旋舞!!」

崩れ落ちた橋とともにナインも深い谷間へ落ちたと二人は思わず笑みを浮かべた。だが突如、瓦礫のなかから使い魔が飛び出し、尾白に食らいつく。

「ぐっ!?」

「尾白! ぐあ!」

二匹目の使い魔も耳郎を襲う。城壁に叩きつけられる二人。ナインはそれに目もくれることなく、使い魔で自身を引きあげまっすぐ活真へと向かっていく。その顔にはもはや余裕はない。

活真たちを抱えて走りながら、障子は目印である石造りの祠へと向かう。その裏から島の裏側に抜けることができるのだ。

「脱出経路を……ぐっ!!」

飛んできた爪弾に気づき、障子が腕でとっさに弾く。

「ぐぅっ!!」

驚く活真たちを胸に抱きこみ、連射してくる爪弾をまともに受け続けながら必死に守っ

ていた障子だったが、ナインは無慈悲に衝撃波を放ち、障子を大きく弾き飛ばす。

「ああっ！」

腕のなかから転がり落ちた活真と真幌がハッと障子を見る。傷だらけの障子の後ろからナインがやってきていた。

「に、逃げろ……！　走れ……！」

動けない障子が活真たちの盾になろうと複製腕を広げ必死で叫ぶが、二人はおびえて逃げられない。その間もナインが障子にとどめを刺そうと近づきながら指先を向ける。だがそのときボロボロになりながらもやってきた耳郎が、イヤホンジャックを差した小型スピーカーから強烈な音の衝撃波をナインにお見舞いする。だがナインは直前で空気の壁を作って防御した。

「二人とも、逃げて！」

「早く！」

叫ぶ耳郎。やってきた尾白もそう言いながらナインに向かっていく。その姿に障子もなんとか立ちあがり、オクトブローで攻撃しながら叫んだ。

「行け！」

だがその直後、障子たちはナインの強力な衝撃波で吹き飛ばされ、城壁を突き破るほどの威力で激突させられ、三人は瓦礫のなかで気絶してしまう。

　土煙の奥から苦しみながらもナインが現れ、活真たちに近づいていく。活真は死にものぐるいでじわじわと近づいてくるナインの姿に、ただただおびえるしかなかった。自分たちを命懸けで守ってくれたヒーローたちがかなわなかった相手に、勇気はもうとっくに振り絞りつくしてしまった。真幌はそんな活真を見て、活真がもっと小さかった頃を思い出した。気が弱くて優しい、すぐ泣く弟を守るのは自分の役目だ。

「活真、逃げて」

　震えそうな足で立ちあがりそう言った真幌を、活真が「お、お姉ちゃん？」と見あげる。一緒に立ちあがりたいのに、体に力が入らない。そんな活真を叱咤するように、自分を奮い立たせるように叫びながら真幌がナインの前に駆けだす。

「いいから逃げて！」

「お姉ちゃん！」

「来るな！　私の弟に手を出すな！……来るなって!!」

　絶対に通さないつもりで広げた真幌の手が、踏ん張りたい足が、ナインの異様な不気味さに負けそうになる。それを振りきるように、真幌がなりふりかまわず駆けだした。ナインはそんな真幌をつかみあげる。活真が思わず立ちあがった。

「お姉ちゃん！」

「ぐ……うう……く……」

抵抗しもがく真幌を捉えたナインを激痛が襲う。それに耐えながら執念でさらにおびえる活真に言った。

「こ……こいつの命が惜しければ、こちらに来い」

「ダメ逃げて……！　逃げて……」

首元をつかまれながらも毅然とした真幌の首をさらに絞めつけながら、ナインは活真に迫る。

「叶えさせてくれ……！　私の……願いを……！」

ナインの顔の傷が広がっていく。悪魔の懇願に、活真の足が恐怖で震える。ナインは手にさらに力を込めていく。

「……逃、げて……活……真……」

苦しさに意識が遠のいていく真幌。それを見た活真がとっさに駆けだす。

「いやだああ!!　僕が守る！　僕がお姉ちゃんを守るんだあ!!」

勝算も勇気も力もない。大切な家族を救けたいという気持ちだけが活真の体を動かした。必死に自分に向かってくる活真。ナインは真幌を投げ捨て唯一の希望に手を伸ばす。渇望した〝個性〟がやっと自分のものになる。それは世界を手に入れることと同義だ。だが。

「スマァッシュッ！」

活真にナインの指が触れる寸前、飛びこんできたのは出久だった。ナインの顔面に強烈な蹴りを食らわせる。

活真のハッと見開いた目に出久が映る。自分を救けにきてくれたヒーローが。

宙に放り出された真幌を同じく飛び出してきた爆豪がキャッチした。出久は活真をかばうようにその前に着地する。

「遅れてごめん！」

「デク兄ちゃん……」

「よくがんばったね活真くん、すごいよ」

ナインに対して身構えながらも自分を振り返る出久を見た活真の目が安堵と嬉しさに潤む。

「バクゴー……生きて……」

爆豪はナインを警戒しているように身構えながらも、いつものように不敵に言った。

「言っただろーが。俺はオールマイトも超えて、ナンバー1ヒーローになる男だってな」

本気なんだ。本気でナンバー1になるつもりなんだ。爆豪の覚悟を肌で感じた真幌は、

MY HERO ACADEMIA

HEROES:RISING

じっと見あげた。その目に映るのはカッコいいヒーローだった。

「真幌ちゃんと逃げて」

真剣な出久の言葉に、活真は「うんっ！」と駆けていき、真幌の手を握る。

「お姉ちゃん！」

活真が真幌を引っ張っていく。足はもう震えていない。勇気はいつのまにか満タンになっていた。

出久と爆豪は活真たちが離れたすぐあと、一気にナインに向かい同時に蹴りかかる。だがすでに壁を張っていたナインに弾かれた。衝撃波で、澱んでいた土煙の残りが一気に晴れる。ナインは透明の壁越しに、苦しみながら憎々しげに言い放つ。

「……どうやって私の稲妻を⁉」

「アレは前に受けた」

出久は答えながら、壁に押しこむように足に渾身の力を込める。強圧に耐えきれず空気の壁が破壊され、ナインが吹き飛ぶ。爆豪が言った。

「だから、使いもんになんねーアホを避雷針にした」

実はさっきの落雷の際、上鳴を使って被害をくいとめたのだ。

『きょ……供給過多じゃね？』

強烈な雷を受け、さすがに電力いっぱいすぎて倒れてしまったが、上鳴でなければ倒れるくらいではすまなかっただろう。

ナインは悔しさと痛みに顔を歪めながら、迫ってくる爆豪に爪弾を放つ。けれどそれは徹甲弾にすべて打ち砕かれた。一方、出久には使い魔が襲いかかるが蹴りで引き裂く。その間に爆豪は一気にナインへと距離を詰め、連続爆破できりもみ回転しながら勢いをつけ迫る。

「死ねやぁ!!」

爆豪の掌が予兆で光る。ナインは空気の壁を張るが、広場を大きく抉るほどの大爆破の炎に飲みこまれた。爆弾が落とされたような衝撃と炎に、逃げていた活真たちも吹き飛ばされる。

「わぁあっ」

「ここに!」

とっさに真幌が活真とともに岩陰に隠れた。

炎を前に立ちあがる出久。爆豪はさらにその前に着地し、二人で荒い息のまま、炎のなかにいるであろうナインを見た。爆豪は手ごたえを感じ、炎の熱を感じる鼻先を「へっ」とこする。

一面の炎のなかで、ナインが感じていたのは身を焼き尽くすような焦燥だった。

「お……終われない……！　終われるハズがない……」

ボロボロになった腕を空へと伸ばし握りこむと、体の激痛がひどくなっていく。それでもかまわずナインは〝個性〟を発動させた。

空に暗雲がたちこめ、瞬く間に巨大化していく。島の上空の支配では飽き足らないように肥大化していく超巨大雷雲。内包する怪しい紫の雷光が早く解放しろと言わんばかりに生き物のように蠢く。

「この程度で、終わってなるものか！」

焦りには怒りがある。思いどおりにならない憤り。時間も、命も、いつも自分から逃げていく。その証明のようにナインの体にヒビが走る。それは魂の悲鳴のようだった。けれどその悲鳴さえナインにはもう聞こえない。両肩のボトルが光り、一気に噴射する。

直後、出久たちの目の前で炎のなかにスパークが走ったかと思うやいなや、内側から爆発のような衝撃波が生まれた。出久と爆豪が炎と爆風に必死に耐える。そのなかで出久がなんとか窺い見たのは、上空に浮かぶナインだった。風をまとい、髪をなびかせ立つ姿は自然を超越した存在に映る。次の瞬間、ナインが回転し、竜巻を発生させた。炎を飲みこんで巻きあがっていく。そのさまは躍る炎の柱。間を置かずさらに二本の炎の竜巻が発生

し、合流すると一つの巨大な炎の柱となった。

「……竜巻……！」

「チッ、やっぱ気象変動か……！」

すさまじい熱風のなか、出久はナインの操る悪魔の炎を前に焦りながらも後ろを振り返った。

（どうする⁉ まだ活真くんたちが……！ それに……避難している人たちにも危険が！）

岩陰で身を寄せ合っている真幌と活真。洞窟に避難している島民も、異常な気象に震撼していた。

いたるところに雷が落ち、そこから火災が発生し新たな炎柱となる。穏やかで美しかった島が、ただされるがままに蹂躙されている。その悪夢のような光景に爆豪は驚異と怒りに顔をしかめた。

（この島もろとも、ブッ壊す気か……！）

ナインの暴走に、出久と爆豪が改めて身構える。

（絶対に止めるんだ‼）

その決意を胸に、出久は〝個性〟ワン・フォー・オールを全開にする。体に支障なく使用できる範囲はまだ20パーセント。けれど、それではナインにはかなわない。大ケガは覚悟のうえだった。ヘタをすれば命にかかわる。けれど、それでも全力を出さなければ勝機はない。

「ワン・フォー・オール100パーセント」

その覚悟は爆豪も同じだった。

「あんなもん、最大火力でフッ飛ばす！」

二人は競うようにナインが中心にいる巨大な炎の竜巻へと飛んでいく。

「デトロイトスマーシュ!!」

出久の強烈なパンチが炎の竜巻に繰り出された直後、爆豪が強烈な爆破で畳みかける。

「榴弾砲着弾!!」

激しくぶつかるエネルギーが気流を乱す。けれど、ナインが操る竜巻はより激しさを増して、周囲のすべてを風で巻きあげていく。活真たちも懸命に岩へとしがみついた。

「……デク兄ちゃん……！」

「ぐうぅぅ……くっ……」

渦巻く炎の竜巻に出久は力の限りに拳を押しこもうとするが、それ以上の力で押し返されそうになる。体を炎にさらされながらも踏ん張り続ける出久の近くで、爆豪も爆破で蹴散らそうとするが、竜巻に腕のパーツが破壊される。それでも爆破を押しこもうとするが、

弾かれ炎の竜巻へと飲みこまれてしまう。

「ぐあっ!!」

竜巻は勢いを増し、出久の腕を折る。

「……ぐっ! ガッ」

噴き出した血とともに出久も竜巻へと飲まれた。渦巻く炎のなかで、二人は抵抗することも許されずただ焼かれながら振り回されていく。

竜巻に破壊された岩々が気流からはずれ真幌たちへと落ちてくる。

「きゃあああ!」

「お姉ちゃんっ」

二人はとっさに互いをかばおうとする。だが二人より大きな岩がぶつかる直前、なんとか間に合った障子がかばうように覆いかぶさった。ボロボロに傷ついたその背中に岩が次々と落下する。それでも障子は小さな子どもたちを大きな背中で守り続けた。

そのころ炎の竜巻が山の頂上を破壊し地面が割れた。割れ落ちた岩塊が島民たちの避難している洞窟の入り口へと落下してくる。突然の来襲に島民たちが悲鳴をあげた。

「入口が!!」

なだれこんでくる岩に口田が叫んだとき、飛び出した砂藤がその岩をバッと受け止める。

「んぐうぅ〜〜！」

「砂藤！」

駆け寄ってきた葉隠と口田に砂藤が力強く言った。

「ここは支える。みんなを奥へ！」

炎の竜巻が弱まり、遊び飽きた子どもが放り投げた玩具のように、出久と爆豪が落下する。満身創痍だったが、まるで神のように雲に乗って降りてくるナインに気づき、ふらつきながらもなんとか立ちあがった。

（ひゃ、100パーセントでも……通じない……）

（く……クソが……自分曲げてデクと一緒に戦ってんのに……!!）

地面に降り立ち、二人のもとに近づくナイン。虫の息の二人からまだ抵抗の意志が消えていないことがわかると蔑むような目で口を開いた。

「無駄だ。その程度の力では生きられない……私の作る新世界では……」

「!?　……新世界……ぐっ！」

身構えた出久を爪弾が襲う。続けざま、ナインの指先は爆豪へ。

「力を持つ者」

「がっ‼」

それでもなんとかナインに対して身構える出久と爆豪。一度倒れたら、意識を失ってしまいそうだった。そんな二人にナインは言った。

「強き者が弱き者を支配するユートピアだ」

「そんなもん‼」

爆豪と出久がハッとする。ナインの背中から巨大化した使い魔が飛び出し、二人を襲って宙へ持ちあげる。

その前でナインはどこか熱っぽい誰も見ていないような目で恍惚(こうこつ)と語った。

「敵(ヴィラン)もヒーローも関係ない……力の前ではすべてが平等……。それは……真の超人社会のあるべき形だ」

強いものが、あるがままになんの制限も受けずに過ごす世界。弱いものが、当然のように淘汰(とうた)されていく世界。それはある意味、自然な世界でもあるのかもしれない。

活真の〝個性〟を手に入れることで、ナインはまさに神のごとく世界を混沌(こんとん)に導(みちび)く。神の怒りのような天変地異で弱きものは一掃(いっそう)され、生き残ったものを力でねじ伏(ふ)せ支配する。

それほどの〝個性〟をナインは持ち得ているのだ。

遺伝子の暴走か。それとも人類が誕生した瞬間にそれはもうすでに決まっていたのか。

〝個性〟はなんのために出現したのだろう。まるで誰かに試されているようだ。

なんのために使うのか。誰のために使うのか。選択肢は自分だけが握っている。

ナインが支配する世界に、他者への慈しみはない。自然界のなかで弱きものであるはずの人類が今日まで生き延びてきたのは、たとえ細い糸だったとしても、絶え間なく世界のどこかで慈しみの糸が紡がれ続けてきたからだ。

誰もが自分勝手に生きていく世界は、いずれ破滅する。

「そんな身勝手な思いこみで……」

「イカれてんじゃねえ……！」

出久と爆豪が使い魔から逃れようと苦しみもがきながら吐き出す。ナインの顔が怒りに歪んだ。

「新世界を拒むか。ならば消え去るがいい」

使い魔がナインの意志のまま、出久たちを岩壁にぶちあて、そのまま上空へと連れていく。ナインが両手をあげグッと握ると、使い魔たちが二人を噛みちぎろうと力を入れてきた。仰向けにくわえられた出久の顔が痛みに歪む。けれど思考だけは手放さなかった。

（考えろ……オールマイトならどうする……!!）

（こ、こんなところで終われるかよ……!!）

爆豪がそう思いながら必死で爆破を出すが、それは使い枯らした火花のようだった。

いつ気を失ってもおかしくない状況で、それでもなお二人はあきらめない。

（考えろ……！　考えろ……！）

（……負けたくねぇ……！）

みんなが命懸けで戦った。守るために、救うために。ヒーローとして。

あきらめる選択肢など端からない。

（考えろ……!!）

激痛に奪われそうな思考のなかで、出久は糸口を必死で探す。けれど、ナインのあまりに強力すぎる〝個性〟に対抗できる戦力はなかった。救援はいつ来るかわからない。しかし活真の〝個性〟を渡すことだけはあってはならない。

使い魔の歯がより深くくいこみ、全身が悲鳴をあげる。どこまでも黒く広がる空の下、蹂躙された島は若きヒーローたちの力の限界を示しているようだった。

けれどそのとき、声が響いた。

「デク兄ちゃん！」

「バクゴー!!」

ハッとする出久と爆豪。少し離れた城壁の向こうから、活真と真幌が気を失った障子を介抱しながら叫んでいた。

「デク兄ちゃーん!!」

障子を〝個性〟で治そうとしながら、活真がもう一度出久の名前を呼ぶ。そして二人で声の限りに。

「『負けないで!!』」

その勇気を振り絞るような応援に、出久の目が大きく見開かれる。

「……そこにいたか……」

活真をみつけたナインが不敵な笑みを浮かべ近づいていく。焦りを見せる爆豪に、「かっちゃん……!」と出久の声がかけられる。振り向いた爆豪に出久は挑むような縋るような真摯な声色で言った。

「方法が一つだけ……たった一つだけある……」

その言葉に眉をよせた爆豪だったが、すぐに出久の言わんとしていることを察知した。

「……!」

唖然とする爆豪に、出久のボロボロで傷だらけの左手が伸ばされる。

二人の胸のなかにあるのは、偉大なヒーローの言葉だった。

『私の〝個性〟は、聖火のごとく引き継がれてきたものなんだ……。力を譲渡する〝個

性〟……』

出久は、ワン・フォー・オールを爆豪に譲渡しようとしているのだ。

小刻みに震えながら伸ばされた指先は血で濡れている。ワン・フォー・オールを譲渡するには、譲渡する意志とともに相手にDNAを取りこませなければならない。つまり、血の中のDNAで爆豪にワン・フォー・オールを譲渡しようとしている。

爆豪は刹那のなかで思いを巡らす。

その力の存在を知っても、欲しいとは思わなかった。なぜなら自分に必要な力は備わっている。トップに立てるだけの力が。けれど木偶の坊には――。

幼い日、川に落ちた自分に「大丈夫？」と手を差し伸べてきた幼馴染。落下のときわずかに感じた恐怖を見抜かれた気がした瞬間から、それは嫌悪するべき存在に変わった。得体のしれない気色悪さ。それは今でも残っている。無個性だったのに真剣にヒーローを目指し、飛び出す無謀さ。そして、せっかく手に入れた〝個性〟を手放す底抜けの愚かさ。

一生かけても理解できないし、する気もない。

不本意だった。けれど、その選択が最善で、唯一の勝機だった。

「か、かっちゃん」

『ヒーローは守るものが多いんだよ……だから、負けないいんだよ』

「…………デク……」

必死で指先を伸ばす出久。覚悟を決めた爆豪も必死で傷だらけの指先を伸ばす。

『ヒーローとは常にピンチをブチ壊していくもの！』

守って、勝つ。その唯一の方法だと信じて二人は指を伸ばす。震える指先が焦りでずれる。それでも必死で渡すために、受け取るために、互いを求める。

触れ合った指先。出久の血が爆豪の傷へ渡ったその瞬間、爆豪のなかに湧きあがる力があった。強く握り合った手に力がこもる。

活真のもとへ向かっていたナインが強い光と爆発音にハッとする。出久と爆豪に食らいついていたはずの使い魔が目の前の砂煙のなかから現れ、苦しそうな奇声とともに砂のように崩れ散った。

「なんだ……」

靄のなか、着地した出久と爆豪。突如起きた異変にナインが砂煙を振り払いながら警戒する。その前で二人はゆっくりと立ちあがった。

「……こんなことして、てめーは使えんのかよ？」

「……わからない……でも。オールマイトは、譲渡したあとも残り火で僕らを守ってくれた」

残り火で、死にものぐるいで宿敵オール・フォー・ワンを倒したその姿。そしてオールマイトは火が消えた今も、偉大なヒーローであることはなに一つ変わらない。

出久は自分のなかの残り火を確かめるようにギュッと拳を握る。

「なにをしたぁ!!」

苛立つナインの怒号が響き渡る。力尽きたはずのヒーローたちから強烈なパワーが漲っていた。激昂しプラズマを纏うナインに、出久と爆豪は身構えながら言った。

「……二つの……ワン・フォー・オール……」

そしてワン・フォー・オール全開で全身を強化する。

「これで救ける!」

「これで勝つ!」

全身に行き渡ったエネルギーで、二人の髪が逆立つ。むき出しの闘志にナインが咆哮した。

「この死にぞこないがあぁぁ!!」

怒りのまま再び発生させた竜巻はあっというまに巨大化し、周囲に嵐を巻き散らす。暴風雨が吹き荒れ、木や崩れた岩山を吹き飛ばす。活真たちは必死に障子を守ろうとしがみつくことしかできない。落雷から火災が起こり、何本もの火柱が踊りくるう。巨大竜巻はさらに大きくなって那歩島の本島まで及び、瓦礫を巻きあげながら半壊の街並みをさらに破壊しつくす。海は荒れくるい、渦巻く超巨大な雷雲は災いそのもの。

まるで世界の終わりだ。けれどその混沌の中心で、出久と爆豪だけが静かだった。

「てめぇの夢も、これで最後だな」

「いいんだ、これしかない。それにオールマイトなら、君なら大丈夫だって言ってくれる。秘密を共有している君なら……同じ人に憧れ続けた君なら……」

出久の声色には深い信頼と確信だけがあり、爆豪の胸にわずかな気色の悪さを思い出させる。

誰かを救けられるなら、迷いもなく自分の夢も命さえ捨てる気色の悪さ。

本音をぶつけあい、ワン・フォー・オールの秘密を知ったことで感じはじめた。それは、憧れたヒーローのなかにもあったものだと。

相反する二人を繋ぐのは、幼い頃から憧れたヒーローただ一人。

『オールマイトってやっぱカッケーよな！』

『超カッコいいヒーローさ』

爆豪はその果てしない強さに、出久はどこまでも深く明るい優しさに惹かれ、その人を目指した。

『どんだけピンチでも、最後は絶対』

「勝つんだよぉぉぉ!!」

『どんなに困ってる人でも、笑顔で』

「救けるんだぁぁぁぁっっ!!」

子どものころの憧れを胸に、二人は力をためる。その波動で地面が舞いあがった。

「笑わせるなぁぁぁ!!」

ナインが感情のまま天に手を翳すと、膨れあがった竜巻が山の頂上を覆うように降下してくる。出久たちは吹き荒れる暴風のなかで踏ん張りながら、同時に思いきり全力で拳を突きあげた。

「「デトロイトォォォォォスマーッシュ!!!」」

すさまじい衝撃波が周囲の地面だけでなく、炎や雨を巻きこみながら上昇し、竜巻に波及する。一瞬で下部を消しさり、勢い衰えぬまま空を覆う雷雲へ。乱れまくる気流のなかで、二人は反対に押しやられそうになるのに耐え続けながらも全力で押し返す。猛烈なエネルギーが雷雲のなかで暴れるように爆発し、暗い空に大きな穴をあけた。

隠されていた光が差しこみ、出久と爆豪を照らす。それを見た活真たちは蘇る希望に息を飲んだ。そしてそれはナインも同じだった。けれど光に見いだしたのは希望ではなく怒りと混乱だった。

「な……なんだ……。……なんだ、その力は——……!?」

ナインの体に走る傷が憤怒とともに広がっていく。

「俺の道を……阻むな……!!」

出久たちがバッと構えようとした瞬間、スマッシュを放った腕に激痛が走った。全開のワン・フォー・オールの威力はそれほどまでに体への負担がかかる。痛みに耐えている爆豪に、自分も耐えながら身構えた出久が言った。

「かっちゃん行こう!」

「ああ!? 俺に命令すんじゃねぇ!」

いつものようにそう言い返しながら爆豪も構え、一気にナインの元に駆ける。その先でナインが忌々しそうに「阻むなぁ!」と無数の小さな使い魔を放つ。爆豪は爆破で細かく軌道を変えて避けながらも、超爆破で使い魔を焼き払う。痛みに耐えながら爆破でナインの元へ。けれどすぐにたくさんの使い魔たちが襲いかかってきて、爆破し続ける体が悲鳴をあげる。

「くっ!!」

「かっちゃん!!」

出久が爆豪に襲いかかろうとする使い魔を蹴りで粉砕する。そのままナインの元へ走り、手前でジャンプし蹴りをお見舞いしようとするが、ナインは瞬時に避け、出久の死角からより強力な爪弾を連射した。気づいた出久はとっさに空中で身を捻って避けながら着地すると、蹴りの衝撃波で爪弾を断つ。

「がっ!!」

片足に激痛が走り出久が顔を歪めた瞬間に、絶え間ないナインからの爪弾に追いこまれてしまう。そのとき、ナインの背後に回りこんだ爆豪が大爆破を放った。

「ぐうううぅおお!」

ナインはとっさに空気の壁を張ったが、爆破の勢いに片腕が焼け爛れる。爆豪は反動で飛ばされ、城跡上部のクレーターのなかへ滑り落ちてしまう。中はすり鉢状にさらに深くなっており、なすすべなく底へ。

その間に、出久は体中に力を行き渡らせる。帯びるプラズマは奔流のようにあふれ、混じりけのない平和を求める意志がとめどなく湧き上がっていく。

「デク!!」

クレーターの底で爆豪が壁面に手を押しつけながら叫ぶ。悲鳴をあげる体さえ忘れるほどのすさまじい熱い力で、自分の道を拓こうとするように目の前の地層を溶かし進む。そしてもどかしいとばかりに強大なエネルギー波を放った。その熱が外側の城跡を溶かし、破壊する。飛び出した爆豪はそのままナインのもとへ、まるで自身が爆弾になったような威力で周囲を破壊しながら地面を抉り、まっすぐに向かっていく。

ナインはまたたく間に近づいてくる爆豪に最大の空気の壁を張った。阻まれた爆豪がその場で大爆破を放つ。衝撃で地面が割れる。爆風に飛ばされる爆豪と入れ替わるように、強烈な光をまといながら出久がやってくる。抉られた地面を滑走するその姿はまるで鬼神のように荒々しく、オールマイトが神野でワン・フォー・オールと戦ったときのすごみさえあった。出久はとてつもない速さで滑走しながら空中へ飛び出すと、その勢いのまま高速回転し、急いで空気の壁を張るナインへと突っこむ。何層にも張っていた壁が一気に壊され、衝突するケタ違いの威力にすさまじい光が発生した直後、大爆発が起こった。爆煙と膨大なプラズマのなかで耐えきれずナインが上空へと飛ばされる。即座に出久と爆豪が落下する瓦礫のなかを追う。

「ぐぅああ‼」

二人に気づいたナインが力を振り絞るようにプラズマを体に纏い、対峙する。爆豪は体中に行き渡る力のすべてを拳にためる。出久が力を振り絞るようにボロボロの右手を握り、全身全霊の力を込めナインの頭上で片足をあげる。

(これが、僕の放つ……最後の……)

出久の体のなかで燃え続けたワン・フォー・オールの灯が、最後とばかりに燃え盛る。

ナインがプラズマを出久に向ける。けれどその前に出久の足が振り下ろされる。

(最後の――スマァァッシュ!!!)

顔に激しい闘志をみなぎらせ、出久は渾身の蹴りをナインの首筋に打ちこんだ。その衝撃にナインが蹴り飛ばされる。続けざま、爆豪が超爆破を放つ。一瞬で海まで届いた炎とともにナインが吹き飛ばされていく。

力尽きた二人が瓦礫とともに落下していく。戦いの終わりを告げるように、晴れていく雲の切れ間から祝福のような光が島へと差しこんだ。

(さようなら……ワン・フォー・オール……ありがとう――)

遠のく意識のなかで、出久は小さくなって消えていく炎を感じた気がした。

MY HERO ACADEMIA
HEROES:RISING

「生きてるかい、常闇くん」

体を圧迫していた瓦礫がどかされ、引きあげられた常闇が見たのは赤い翼だった。

「ホークス……なぜ……」

懐中電灯を手に心配そうな顔をしていたホークスが、常闇の様子に一安心したようにホッと息を吐き笑みを浮かべる。

常闇がいる場所はきっと暗いところだろうと探しにきたのだ。常闇がかばった芦戸もケガは負ったが、気絶しているだけで命に別状はないようだった。

いつもの調子でホークスが言う。

「……一足先に救けにきたんだ、俺ともう一人……」

出久は温かい何かに支えられたのを感じて、目を覚ました。

「……ん……お、オールマイト……」

「――緑谷少年……来るのが遅くなった……」

出久を心配そうに覗きこむオールマイトの頭上には戦闘機が飛んでいる。ホークスとともに居ても立ってもいられずオールマイトは戦闘機に同乗させてもらったのだ。近くの岩場には落下するときに使ったパラシュートがそのままになっている。

「か、かっちゃんは……?」

自分もボロボロの状態で、目を開けているのもやっとの状態なのに、すぐに他の誰かの

心配をする出久のいつもと変わらぬ様子に、オールマイトはわずかに安堵して小さく苦笑した。

「……君はいつでも人の心配を先にするな……ボロボロだが、大丈夫。命の心配はない」

すでに瓦礫から救出して傍らに横たえた、気を失っている爆豪を振り返る。それを聞いた出久は辛そうにしながらも、安心したようにかすかに表情を和らげた。

「……よかった……かっちゃんにすごく無理を、させたから……」

「爆豪少年に？」

「……オールマイト……」

出久の顔が辛そうに歪む。痛みのせいだけではないのを感じ、オールマイトは出久の血だらけで傷ついた顔をじっとみつめた。悲壮な顔で出久は震えるように口を開く。

「じょ、譲渡したんです……ワン・フォー・オールをかっちゃんに」

「ワン・フォー・オールを……!?」

思いもしない告白に、オールマイトが驚愕する。出久は苦しそうに続けた。

「二つのワン・フォー・オールを使わないと……そうしないと、島の人たちを守れなかった……敵を倒せなかった……だから、後悔……してません……」

ふいに、出久の顔が幼く歪む。大きな目に瞬く間に涙が浮かんだ。

「でも、ごめんなさい……せっかく後継者に選んでくれたのに、ヒーローになれるって言ってくれたのに……。でも僕は、どうしても、みんなを守りたくて……！」

出久はワン・フォー・オールを爆豪に譲渡したことに微塵も後悔はなかった。けれど、そうすることしかできなかった自分が不甲斐なかった。せっかく後継者にと選んでくれたオールマイトに応えられなかったことが悲しくて悔しくて、申し訳なくてしかたなかった。期待に応えられなかったことが辛くてしょうがなかった。

「……緑谷少年……」

「ごめんなさい……オールマイト……ごめんなさい。……でも……僕は……」

子どものように謝る出久の意識が遠のいていく。閉じられる目にあふれんばかりに湛えられていた涙が頬の上を滑り落ちた。

突然のことに驚愕し、戸惑っていたオールマイトはボロボロの手に自分の手を重ねた。すっぽりと覆えてしまえる小さな手を労わるように包みこみ、常に救けるために回転し続けていたであろう頭を胸に抱き寄せる。そして気を失っている出久にそっと語りかけた。

「緑谷少年……私は、君にワン・フォー・オールを渡したことを、微塵も後悔していない……。君は正しく使ったのだ……。紡がれてきた義勇の心を……その結晶である力を……」

聞こえていなくても、言ってあげたかった。夢のなかでも愛しい弟子が悲しまなくてすむように。

君は立派なヒーローだと。

けれどそのとき、オールマイトは目の端に光を感じて顔をあげる。

重ねた手の下で、出久の手に光の筋が現れていた。そしてそれは体全体に出現する。

(ワン・フォー・オールが……!)

その光はワン・フォー・オールがまだ出久の身体に宿っていることを知らせていた。突然のことに目を見張るオールマイトが、ハッと爆豪を振り返る。

(譲渡が完了する前に……爆豪少年が気絶したから)

そう思ったオールマイトだったが、懸命に戦った少年たちを見て「いや、違う」と思い直す。そして空いている片方の手で爆豪の手をそっと握った。両手に伝わる温かい体温に、胸が熱くなる。

「命を懸けて守ろうとした者と……命を懸けて勝とうとした者に……ワン・フォー・オールが奇跡を与えてくれたのだ……」

力を紡いできた歴代のワン・フォー・オール継承者たちが、必死で戦う少年たちにきっと力を貸してくれたのだ。

オールマイトは師匠である志村菜奈が、微笑んでくれているような気がした。

「……お師匠……歴代の皆様……ありがとう、ございます……」

力を貸してくれて。そして、少年の夢を繋いでくれて。

オールマイトが感謝の念に頭を下げる。

握られた出久と爆豪の手に、熱い涙が落ちた。

MY HERO ACADEMIA
HEROES:RISING

その後、島のあちこちにも救助の手が届く。

島民が避難している洞窟では、入口を塞いでいた岩がどかされると、敵かと構えていた砂藤たちが、ウワバミなど他のプロヒーローたちとともにやってきた相澤の姿に盛大に安堵した。ヒーローが救けにきてくれたとわかるや、島民たちは喜びに沸いた。そのなかで砂藤、口田、葉隠に相澤が声をかける。

「……よく耐えたな、おまえら」

「「「せ、先生ぇ～！」」」

砂藤たちは一時、生徒の顔になり思わず相澤に縋りつく。

山のなかでも、八百万と青山が自衛隊に救出されていた。

「キラキラも粗相も止められなかった☆」

と、お腹を押さえながらピースしてみせる青山に八百万が微笑む。第一ポイントでともに戦った二人の間には打ち解けた空気が流れていた。

「焦凍ォー!!!　無事でなにより!!!」

滝エリアでは、みつけた息子を温めようと抱きあげたエンデヴァーが安堵の雄叫びをあげていた。

「……下ろせ」

「焦凍ォー!!!」

暑苦しそうに顔を盛大にしかめ、困惑する轟の声を雄叫びが上回る。飯田と切島と梅雨は、一緒にやってきたエンデヴァー事務所の相棒たちに治療してもらいながら、暑苦しくて冷めた親子の対面を微笑ましく見守っていた。

鍾乳洞から救出された常闇たちだったが、芦戸は足を負傷しているため担架で運ばれていた。心配そうにつき添う常闇と黒影に芦戸は笑う。

「ありがとね」

芦戸に頭をなでなでされた黒影が嬉しそうにする。そして芦戸と一緒に「気にすんなよ！」と常闇にサムズアップしてみせた。その気遣いに常闇は「かたじけない」と頭を下げる。

「おー、ボロボロだな」

「そっちもな」

　岩場でも同じく自衛隊に救助されながら、瀬呂と上鳴が互いの健闘を称えるように拳を力強く合わせた。その近くでは、リューキュウに抱きかかえられ救出されたお茶子がホッとしつつ恐縮する。

「す……すいません、ありがとうございます」

「いいのよ」と優しい笑顔で応えるリューキュウにお茶子が嬉しそうな笑みを浮かべたその後ろでは、女性ヒーローの胸に抱かれた峰田が涙ながらに至福の笑みを浮かべていた。

「あぁもう死んでもいい……」

　せっかく救かったのになにを言っているんだろうこの子は？　と女性ヒーローは顔をしかめる。そして城跡で耳郎、尾白、障子たちも救助されていた。

「ありがとう！　ヒーロー！」と一生懸命お礼を言って手を振る真幌と活真に、三人は笑顔で応える。障子は車イスで運ばれていたが、酷かった傷は活真の治療でだいぶマシになっていた。

MY HERO ACADEMIA

HEROES:RISING

製糖工場の地下に拘束されていたマミー、スライスとキメラも逮捕され、無事連行されていった。それを見届けたホークスは不審そうに眉を寄せる。

（……何をする気だ、死柄木弔……）

MY HERO ACADEMIA
HEROES:RISING

コスモスが咲き乱れる誰もいない那歩島本島の端に、黒い物質のようなものが突然現れた。

「やっぱり生きてた」

そのなかから現れた死柄木の前には、瀕死の状態でなんとか岸にたどり着いたナインがいる。

「……死柄木……」

息も絶え絶えに顔をあげたナインは、晴れ渡った空の下、立ちあがることさえできない体で必死に可憐な花を押しつぶしながら、這いあがってくる。そんな生にあがき続ける姿を死柄木は静かに見下ろしていた。

「良い人生だったかい？」

「これからだ……これから……」

「安心しなよ。あんたの夢は俺が紡ぐ」

ナインは近づいてくる気配に、なけなしの力で上体をわずかに起こす。目の前にいる男が自分にとっての死神だと気づいていた。

「支配者は一人でいい……！」

そう吐き出しながら爪弾(そうだん)を撃とうとする。だがそのまえに死柄木の手がナインの顔をつかむ。そして自分の顔を覆っていた手を外(はず)し言った。

「そう……一人でいい……」

その顔には強い決意があった。けれどそこに重さはなく、暗く澄み渡る静けさを湛(たた)えた顔が、ナインの見た最後の光景だった。

「………！」

驚愕に見開かれたナインの顔が、瞬く間に変色し砂の城のように崩れ去る。夢も覚悟も運命さえまだ途中のままで。死柄木が呟(つぶや)く。

「おやすみ、ナイン……。――おつかれさま……」

穏やかな海風がナインの痕跡(こんせき)を消して、海と空へと舞い散った。

Part.7 パート

帰郷

那歩島

日本のはるか南に位置
する平和で美しい島。

「いってえええええ!! どうなってんだ、こりゃあ!?」

救出され、少ししてから意識を取り戻した爆豪は第一声、そう叫んだ。意識がない状態で活真などから治癒してもらっていたが、それでも体に残っている痛みは今まで感じたことがないほどのものだったらしい。

爆豪はワン・フォー・オールを譲渡されたことをまったく覚えていなかった。

相澤などとともに治療のためやってきたリカバリーガールが、ヒーロー事務所で爆豪に治癒を施す。唇をつけての治癒なので、はた目にはリカバリーガールが爆豪のほっぺにチューしているようにしか見えない。爆豪もされるがままになっているのを見た真幌が、見てはいけないものを見てしまったようにあわあわと顔を真っ赤にしている。出久もその近くで活真に治療してもらいながら、真幌のかわいい様子に微笑み合った。

そして、活真たちの父親も退院したその足で島へと戻ってきた。

「「おとうさーん!」」

「真幌、活真!」

父親の胸に飛びこむ真幌と活真。それを出久とともに見守った爆豪は、お役御免とばかりに誰もいない事務所へさっさと戻っていく。

一番重傷だった出久と爆豪を除き、全員、島の復興の手伝いに出ているのだ。二人も明日から復帰することになっている。

島の被害の大きさに、ヒーロー公安委員会はプログラムの中止を提示したが、1年A組全員は期日まで続行させてほしいと嘆願した。この島に関わったヒーローとして、島の復興を手伝いたかったのだ。渋々ながらも了承してもらえたのは、その気持ちをくんだオールマイトや相澤の口添えもあったからだろう。

島の人たちは、ボロボロになった島に最初は落胆していたが、それでも立ち直りは早かった。命が救かったんだからなんとでもなると、島民全員が奮起し、若いヒーローたちは全力でそれを手伝った。島には活気あふれる笑顔が戻っていた。

そして、あっというまに数週間が経ち、期日満了の日を迎えた翌朝。まだ誰もいない靄がかかる漁港に公安委員会が用意した特別輸送船が停泊していた。初めて那歩島にやってきたときと同じ船だ。

「なにも黙って帰ることなくね？」

荷物を積み終えたA組の面々がデッキから名残惜しそうに島をみつめていた。上鳴の声

に、芦戸が「ねぇ」と同意する。そんな二人に飯田がにこやかに言った。

「復興の邪魔をするわけにはいかない」

大規模な修繕などはおおよそ終わったが、日常生活に戻るにはまだもう少し時間がかかる。見送りなどで時間を取らせてしまっては本末転倒だと島民には内緒で帰ることにしたのだ。それでもやはり、一抹の寂しさを感じてしまうのはしょうがない。

「ま、黙って立ち去るのも……」

「ヒーローっぽいか」

納得する上鳴に続ける切島。近くにいた八百万が「ええ」と芦戸とともに微笑む。

一番上のデッキで一人、柵に背を預けながら島を振り返っていた爆豪に、出久が近づく。

「この島ともお別れだね」

「せいせいするわ」

少し離れて隣に立つ出久に、爆豪はケッと顔をそむける。

汽笛が鳴り、船がゆっくりと出航していく。デッキからそれぞれ島をみつめる顔には、笑顔ややりきった感慨深さなどが表れていた。

「あのガキどもに挨拶せんでいいんかよ？」

神妙な顔で島を見ていた出久に、爆豪が言う。出久はわずかにうつむいて穏やかな笑みを浮かべた。

「言ってあげたいことはあったけど……でもいい……。きっと伝わってると思うから

……」

けれどそのとき、声が聞こえてきた。

「おーい！　おーい！」

活真と真幌が船に向かって走ってくる。出久たちの不在に気づいた活真たちが、父親に車を飛ばしてもらい見送りに駆(か)けつけたのだ。

「デク兄ちゃーん！」

「バクゴー！」

「「みんなー！」」

デッキにいたみんなも活真と真幌に気づき、笑顔で手を振る。

「島の人たちを！」

「守ってくれて！」

「「ありがとう！」」

島民を代表したような二人からの感謝の気持ちに、みんなの笑顔が深くなる。それは自分たちがヒーローとしてちゃんと活動できていた証(あかし)だった。

活真は走りながら出久と爆豪の姿をみつけて、声を張りあげた。

「デク兄ちゃん、僕、強くなるね！　お父さんと姉ちゃんを守れるくらい強くなるから！　そして、デク兄ちゃんやバクゴーさんみたいな、かっこいいヒーローに絶対なってみせる！」

やっぱり伝わっていたと、出久の顔に嬉しさがこみあげる。目が潤みそうになるのをグッとこらえて、笑顔を浮かべた。その隣で爆豪もまんざらでもなさそうに笑みを浮かべる。

「……その言葉ぁ忘れんな、クソガキ」

出久は思いきり息を吸い、高らかに言いきった。

「活真くーん！　君は……！　君は、ヒーローになれる！」

その言葉に、活真は目を見開き、息をするのも忘れる。

世界一大好きな尊敬するヒーローからの言葉は、一瞬で世界をピカピカに変えてしまう。

夢が紡がれていく。

「雄英で待ってる！」

笑顔で手を振る出久。爆豪も小さく手を振った。

大きく手を振り返す真幌の隣で、活真はじっと遠ざかる船をみつめる。

胸の奥で温め続けた夢が、目標に変わる瞬間。

活真は期待と希望を胸にあどけない笑みを浮かべる。
それは、憧(あこが)れのヒーローによく似ていた。

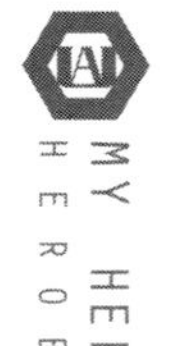

MY HERO ACADEMIA
HEROES:RISING

■ 初出
僕のヒーローアカデミア THE MOVIE　ヒーローズ：ライジング　書き下ろし

この作品は、2019年12月公開の映画
『僕のヒーローアカデミア THE MOVIE　ヒーローズ：ライジング』（脚本：黒田洋介）
をノベライズしたものです。

［僕のヒーローアカデミア］ THE MOVIE　ヒーローズ：ライジング

2019年12月25日　第1刷発行

著　者／堀越耕平 ◉ 誉司アンリ

編　集／株式会社　集英社インターナショナル
〒101-8050　東京都千代田区一ツ橋 2-5-10
TEL　03-5211-2632(代)

装　丁／阿部亮爾〔バナナグローブスタジオ〕

編集協力／佐藤裕介〔STICK-OUT〕

編集人／千葉佳余

発行者／北畠輝幸

発行所／株式会社　集英社
〒101-8050　東京都千代田区一ツ橋 2-5-10
TEL　03-3230-6297（編集部）03-3230-6080（読者係）
03-3230-6393（販売部・書店専用）

印刷所／中央精版印刷株式会社

Printed in Japan　ISBN978-4-08-703491-2　C0293

検印廃止

JUMP j BOOKS：http://j-books.shueisha.co.jp/

本書のご意見・ご感想はこちらまで！

http://j-books.shueisha.co.jp/enquete/